La metamorfosis

Franz Kafka

La metamorfosis

EDICIONES OBELISCO

Si este libro le ha interesado y desea que le mantengamos informado
de nuestras publicaciones, escríbanos indicándonos qué temas son de su interés
(Astrología, Autoayuda, Ciencias Ocultas, Artes Marciales, Naturismo,
Espiritualidad, Tradición…) y gustosamente le complaceremos.

Puede consultar nuestro catálogo en www.edicionesobelisco.com

Colección Estudios y Documentos
LA METAMORFOSIS
Franz Kafka

1.ª edición: febrero de 2022

Título original: *Die Verwandlung*

Traducción: *Margarita E. de la Sota*
Corrección: *M.ª Ángeles Olivera*
Diseño de cubierta: *TsEdi, Teleservicios Editoriales, S. L.*

© 2022, Ediciones Obelisco, S. L.
(Reservados los derechos para la presente edición)

Edita: Ediciones Obelisco, S. L.
Collita, 23-25. Pol. Ind. Molí de la Bastida
08191 Rubí - Barcelona - España
Tel. 93 309 85 253
E-mail: info@edicionesobelisco.com

ISBN: 978-84-9111-814-5
Depósito Legal: B-1.302-2022

Impreso por CPI Black Print - Barcelona

Printed in Spain

I

Una mañana, tras un sueño agitado, Gregorio Samsa despertó transformado en una cucaracha. Estaba acostado de espaldas, con una espalda tan dura como una coraza, y, tras levantar un poco la cabeza, advirtió que tenía un vientre oscuro y abovedado, dividido por unas nervaduras arquedas. La colcha, apenas retenida en la cúspide de esa construcción, estaba ya a punto de caer, y las patas, desproporcionadamente delgadas, se agitaban ante sus ojos.

«¿Qué me ha ocurrido?», se preguntó. Sin embargo, no se trataba de un sueño. Su habitación, una auténtica habitación de un ser humano, aunque, a decir verdad, demasiado pequeña, permanecía con prudencia entre sus cuatro paredes. Por encima de la mesa, sobre la cual se hallaba expuesto el muestrario de telas –Gregorio era viajante–, se veía aún la lámina que poco tiempo atrás recortara de una revista, realzada por un marco dorado. La estampa representaba a una dama, bien erguida en su asiento, que lucía un gorro de la misma piel del ornamento que rodeaba su cuello. Mostraba la señora un pesado manguito, en el cual su brazo se hundía hasta el codo.

Gregorio miró por la ventana. Se oían las gotas de lluvia sobre el zinc, y el tiempo nublado lo sumió en un estado melancólico. «Si pudiera dormir otro rato y olvidar estas tonterías», pensaba. Pero era totalmente imposible. Su estado le impedía dormir sobre el lado derecho, como solía hacer. Vanos fueron los intentos por echarse de costado; indefectiblemente, por un movimiento pendular, volvía a quedar de espaldas. Cien veces lo intentó sin lograr su propósito, a pesar de que cerraba los ojos para que la oscilación de sus piernas no lo perturbara. Se dio por vencido al sentirse aquejado por una especie de dolor que nunca había experimentado antes.

Entonces pensó: «¡Qué oficio he ido a elegir! ¡Todos los días viajando! Mayores preocupaciones que cuando estaba en el negocio de mis padres. Y, para colmo de males, la plaga de los viajes: combinaciones ferroviarias fallidas, unas comidas malas y a deshoras, siempre caras nuevas, gentes que ya no volverán a verse, con las cuales no hay posible camaradería. ¡Al diablo con todo!».

Sintió una ligera comezón en la parte superior del vientre. Se deslizó lentamente en dirección a la cabecera, para poder erguir con mayor facilidad su cabeza, y vio en el lugar del escozor una serie de inexplicables puntitos blancos. Quiso tocarlos con una de sus patas, pero la retiró enseguida, pues el contacto le produjo escalofríos.

Adoptó entonces la posición inicial. «Nada hay que embrutezca tanto como esto de madrugar siempre –pensó–. El hombre necesita dormir lo preciso. Y pensar que hay viajantes que se dan una vida de odaliscas. Cuando regreso al hotel, por la tarde, para anotar los pedidos, me encuentro con que estos señores están todavía con el desayuno.

»Quisiera saber qué me hubiera dicho mi jefe si hubiera intentado hacer tal cosa. Inmediatamente me hubiera despedido. Por otra parte, tal vez esto sería un buen negocio para mí. Si no fuera por mis padres, hace tiempo que hubiera renunciado. Me habría presentado ante el patrón para exponerle de manera clara mi pensamiento. Se hubiera caído de su escritorio. Porque, además, hace eso: se sienta sobre el escritorio para hablar con sus empleados desde lo alto de un trono, justo él, que es tan sordo que sólo oye cuando la gente se le acerca. Pero no he perdido las esperanzas; en cuanto reúna la cantidad que mis padres le deben –lo que requerirá unos cinco o seis años–, daré el golpe. Entonces, punto y aparte. Por el momento tengo que levantarme para poder tomar el tren de las cinco».

Miró el despertador, que permitía escuchar su tic-tac sobre el baúl. «¡Dios del cielo! –pensó.

Eran las seis y media y las agujas seguían avanzando imperturbablemente, ya habían pasado la media, y no faltaba mucho para menos cuarto. Entonces, el despertador no había sonado. Sin embargo, desde la cama se veía que la pequeña aguja marcaba las cuatro. Tenía que haber sonado. Todo indicaba que Gregorio había continuado durmiendo a pesar de ese estrepitoso campanilleo, capaz de alterar hasta a los muebles. Sin embargo, su sueño no había sido apacible. Pero, por eso mismo, sí muy profundo. Pero, y ahora… El tren siguiente partía a las siete. Para alcanzarlo hubiera debido darse muchísima prisa. Además, el muestrario no estaba empaquetado; y en cuanto a Gregorio, tampoco se sentía muy dispuesto a partir. Por otra parte, aunque alcanzara el tren, no podría eludir la ira del patrón. Casi con seguridad, el recadero que aguardaba a Gregorio para el tren de las cinco ya habría advertido a la casa su olvido. El muchacho estaba hecho a imagen y semejanza del patrón: un individuo servil y torpe. ¿Y si se hiciera pasar por enfermo?… Pero sería muy fastidioso y, tal vez, despertara sospechas, ya que en los cinco años que llevaba trabajando en la casa, Gregorio no había padecido la menor indisposición. El patrón iría con el médico del seguro, reprocharía a los padres la holgazanería del hijo y cortaría toda objeción con los mismos argumentos del médico, para quien nunca había enfermos, sino perezosos.

Por otra parte, ¿se equivocaría mucho de este diagnóstico? Salvo una gran necesidad de dormir, Gregorio se sentía muy bien; más aún, tenía hambre. Mientras giraba en torno de estos pensamientos sin decidirse a abandonar el lecho, en el momento en que el despertador daba las siete menos cuarto, oyó cómo golpeaban puerta que estaba junto a la cabecera de su cama.

—Gregorio —dijo la voz de su madre—, son las siete menos cuarto. ¿No querías tomar el tren?.

¡Qué dulce voz!… Gregorio se estremeció al escuchar su propia voz que respondía. Era la de siempre, sí, pero se mezclaba a ella una suerte de piar doloroso, imposible de reprimir, que parecía surgir de lo más íntimo de su ser, que confundía las palabras, claras al principio, hasta mezclar sus resonancias de tal modo que no se sabía bien si las había oído o no. Gregorio hubiera deseado responder de un modo más explícito, pero en esas condiciones se satisfizo con decir las siguientes palabras:

—Sí, sí, gracias, mamá. Ya me levanto.

Casi con seguridad que la puerta impedía advertir la alteración en la voz de Gregorio, pues la explicación tranquilizó a su madre, que se alejó arrastrando las zapatillas. Pero esa breve conversación había hecho que los otros miembros de la familia, contra todo lo previsto, fueran conscientes de que Gregorio estaba aún en la cama, y el padre golpeó con suavidad la puerta lateral.

—Gregorio, Gregorio, Gregorio, ¿qué ocurre? –Tras la otra puerta, la hermana del joven se lamentaba:

—Gregorio, ¿estás enfermo? ¿Necesitas algo?

—Ya estoy listo –respondió Gregorio a ambos, esforzándose por pronunciar con claridad y separando mucho las palabras para que su voz se oyera de un modo más natural.

El padre continuó con su desayuno, pero la hermana siguió cuchicheando:

—Abre, Gregorio, te lo suplico.

Gregorio ni pensó en satisfacer tal petición; por el contrario, se felicitó de haber conservado el hábito –contraído en los hoteles– de cerrar su cuarto aun estando en su casa.

Primero, iba a levantarse sin que nadie lo importunara; se vestiría enseguida y, sobre todo, desayunaría. Después tendría tiempo de reflexionar; bien sabía que no sería en la cama donde encontraría solución a su problema. Es frecuente que una mala posición en el lecho traiga como consecuencia algún malestar que desaparece en cuanto uno se levanta, y Gregorio deseaba que la alucinación de ese momento se disipara de manera paulatina. En cuanto al cambio en su voz, tenía la certidumbre de que se debía a un resfriado en su etapa inicial, la enfermedad profesional de los viajantes.

Muy fácil le resultó apartar la colcha; se distendió un poco y cayó sola. Pero inmediatamente su propia y extraordinaria anchura le molestó. Para levantarse hubiera podido ayudarse de los brazos y las piernas, pero en su lugar tenía ahora unas patitas en constante agitación e imposibles de dominar. Para poder controlar una, debía estirarse, y, al realizar el movimiento deseado, las restantes se desencadenaban sin control alguno, haciéndole sufrir de un modo atroz. «No debemos quedarnos en la cama», concluyó Gregorio.

Para liberarse de tal situación, intentó sacar, primero, la parte inferior de su cuerpo. Por desgracia, esta parte, que aún no había visto, y de la cual no tenía, por tanto, una idea exacta, le resultó muy difícil de mover. La lentitud de la maniobra lo exasperó. Pudo reunir todas sus fuerzas para echarse hacia adelante, pero había calculado mal la dirección y se dio de bruces contra los pies de la cama. El agudo dolor experimentado entonces evidenciaba que la parte inferior era, ahora, la más sensible de su cuerpo. Quiso entonces, cambiando de táctica, comenzar por la parte superior, volviendo cuidadosamente la cabeza hacia el borde de la cama. Esto le resultó fácil, y, a pesar de la anchura y del peso del cuerpo, toda esa masa respondió al movimiento iniciado por la cabeza. Pero, cuando ésta pendía ya fuera del lecho, Gregorio tuvo miedo; si caía en esa posición, sólo un milagro podría salvarlo de partirse el cráneo, y no era el momento oportuno para perder la cabeza; más valía permanecer en cama.

No obstante, cuando después de tanto esfuerzo exhaló un suspiro, se encontró de nuevo tumbado. Y al ver sus patitas debatiéndose aún más encarnizadamente, por temor de no encontrar medio de restablecer el orden en aquella sociedad despótica, volvió al pensamiento de que era imposible continuar en el lecho. Lo más razonable, pues, era arriesgarlo todo frente a la más remota posibilidad de salir de allí. Sin embargo, era preferible, bien lo sabía, reflexionar con serenidad antes que tomar resoluciones extremas. Por lo general, en circunstancias difíciles, miraba hacia la ventana, como para encontrar allí algo que le infundiese ánimo y cobrar así valor. Pero ese día, la calle no sugería como otras veces; la niebla no anunciaba nada bueno.

«Las siete –se dijo–. Las siete y la niebla aún no se ha disipado». Se acostó unos instantes, para reponer fuerzas y dominar su respiración, como si un momento de calma profunda pudiera hacer que se recuperara para la vida normal.

«Es preciso que antes de las siete y cuarto esté levantado. Por otra parte, entre tanto, enviarán a alguien del negocio a preguntar por mí, pues abren antes de las siete», reflexionó. Se balanceó, entonces, cuan largo era, sobre sus espaldas, con el propósito de levantarse de la cama. De ese modo podría preservar la cabeza manteniéndola erguida durante el salto. Su espalda, que consideraba bastante fuerte, no corría ningún riesgo aunque cayera sobre la alfombra. Sólo temía que el estruendo de la caída –indudablemente habría de repercutir en toda la casa– propagara, si no el espanto, sí el temor entre sus habitantes.

Cuando tuvo la mitad del cuerpo fuera de la cama –gracias al nuevo método, el trabajo forzado que significaba antes esta operación se había convertido en un juego–, pensó en qué sencillo sería hacerlo con la ayuda de alguien. Dos personas robustas, como su padre y la criada, bastarían y sobrarían. Todo se simplificaría si pasaran los brazos bajo su curvada espalda, lo retiraran del lecho, se agacharan luego con su carga y aguardaran con prudencia a que se estirara en el suelo, donde las patas evidenciarían su razón de ser. Pero aun cuando las puertas no hubieran estado cerradas, ¿convendría llamar? Ante esta idea, a pesar de su desgracia, sonrió.

Ya había adelantado tanto que, mientras se columpiaba, creyó perder el equilibrio. Era preciso decidirse, pues sólo faltaban cinco minutos para que transcurriera el cuarto de hora fatídico. De pronto oyó llamar. «Alguien de la tienda», pensó, y sintió que su circulación se interrumpía al tiempo que sus patitas aceleraban la danza. Por un instante no oyó nada, y el resplandor de una absurda esperanza le hizo creer que nadie abriría. Pero la sirvienta, como siempre, se dirigió, decidida, hacia la puerta. Bastó una palabra para que Gregorio identificara al visitante; se trataba del gerente en persona. ¿Por qué estaría él condenado a trabajar en una casa donde se sospechaba lo peor ante la menor falta del personal? ¿Acaso los empleados eran todos unos pícaros? ¿No había entre ellos alguno de esos servidores devotos que, si por casualidad pierden una o dos horas de la mañana, se sienten luego enfermos de remordimiento y obligados a guardar cama? ¿No hubiera bastado con enviar al recadero, siempre y cuando tales averiguaciones fueran necesarias, en vez de que fuera el gerente mismo quien debía molestarse como para demostrar a la familia que la investigación de tan sospechoso asunto sólo podía ser confiada a la inteligencia de semejante personaje?

Estas reflexiones irritaron tanto a Gregorio que saltó de la cama con todas sus fuerzas; más que la consecuencia de una determinación reflexiva, tal movimiento fue el resultado de su excitación. La caída produjo un golpe ruidoso, pero no el estrépito temido. Como la alfombra amortiguó el choque y la espalda de Gregorio era más elástica de lo que creía, se oyó tan sólo un ruido sordo. Sin embargo, la cabeza padeció el golpe. Gregorio no había intentado mantenerla erguida, y, encolerizado, la restregó contra la alfombra.

—Algo ha caído –dijo el gerente en el cuarto situado a la izquierda.

Gregorio se preguntaba por qué no le ocurriría algo semejante a aquel hombre; al fin y al cabo nada lo impedía. Pero, como una brutal respuesta, oyó el rumor de unos pasos, zapatos que crujían. Desde el cuarto situado a la derecha, su hermana le advertía con tranquilidad:

—Gregorio, ha venido el gerente.

—Lo sé –respondió Gregorio–. Pero no se animó a levantar la voz como para que su hermana pudiese oírlo.

Ahora se escuchaba la voz paterna.

—Gregorio, el gerente viene a preguntar por qué no has partido en el primer tren. No sabemos qué responderle. Además, quiere hablar contigo personalmente. Ábrenos, por favor. Él sabrá disculpar el desorden de tu cuarto.

El gerente interrumpió:

—Buenos días, señor Samsa.

Mientras el padre continuaba hablando con Gregorio, su madre, explicaba:

—Está enfermo, créame, señor gerente. De otro modo no hubiera perdido el tren. Mi muchacho no tiene en la cabeza otra cosa más que su almacén. Créame que me hago mala sangre al ver que ni siquiera sale después de cenar. Acaba de pasar una semana con nosotros y todas las noches se ha quedado en casa. Sentado a la mesa, lee los diarios o estudia los itinerarios, siempre silencioso. Su mayor calaverada consiste en hacer algunas tonterías de madera. Últimamente ha tallado un marquito.

En dos o tres noches lo terminó. Cuando pase al cuarto de Gregorio se asombrará al verlo, es precioso. En cuanto abra podrá verlo. Por otra parte, estoy contentísima de que se le haya ocurrido venir. Gregorio es tan terco que, nosotros solos no hubiéramos logrado convencerle de que abriese la puerta de su cuarto. Seguramente no se encuentra bien, aunque esta mañana no haya dicho nada.

—Ya voy –repuso Gregorio con lentitud y circunspección. Pero continuó inmóvil para no perder ni una palabra de la conversación.

—De otro modo no me lo explicaría, señora –replicó el gerente. Y agregó–: Esperemos que no sea nada grave. Sin embargo, debo decir que nosotros los comerciantes, por suerte o por desgracia, a menudo debemos anteponer los negocios a nuestros malestares físicos.

—Bien, ¿el señor gerente puede ya pasar? –inquirió el padre, impaciente, mientras golpeaba de nuevo la puerta de Gregorio.

—No –respondió éste. En la habitación de la izquierda se produjo un silencio sepulcral; en el cuarto de la derecha se oyó sollozar a la hermana.

¿Por qué la joven no se reunía con los demás? Probablemente acababa de despertarse y aún no estaba vestida. Pero ¿por qué lloraba? Tal vez porque Gregorio no se levantaba. ¿Por qué no hacía pasar al gerente para no arriesgar su empleo? Quizá temía que el patrón volviera a importunar a sus padres como antaño. Pero estas preocupaciones no venían al caso. Todavía estaba él allí y no pensaba despreocuparse de su familia. En ese momento yacía sobre la alfombra, y nadie que lo hubiese visto en tal estado hubiese querido que pasara el gerente. No sería esa pequeña descortesía –que luego podría explicar satisfactoriamente– la causa de su inmediato despido. En ese momento, pensaba Gregorio, lo más razonable hubiera sido que lo dejaran tranquilo. En cambio, lo atormentaban con palabras y llantos. Pero la incertidumbre los inquietaba y hacía que su actitud pudiera disculparse.

Enseguida, la voz del gerente se alzó.

—¿Qué ocurre, pues, señor Samsa? Se atrinchera en su cuarto, responde con monosílabos, angustia inútilmente a sus padres y, además, entre paréntesis sea dicho, descuida sus deberes profesionales de una manera inaudita. Hablo en nombre de sus padres y de su jefe, y le ruego, seriamente, que nos dé una explicación clara y terminante. Estoy estupefacto. Le consideraba a usted un joven formal, razonable, y ahora, de repente, pretende asombrarnos con sus extravagancias. Esta mañana me negué a aceptar una insinuación de su jefe a propósito de su ausencia; la atribuía al cobro que se le encomendó hace poco. Empeñé mi palabra de honor diciendo que nada tenía que ver una cosa con la otra. Pero ahora compruebo su testarudez, y se lo aseguro, señor Samsa, se me han quitado las ganas de defenderlo a usted. Además, su situación no es muy sólida. Tenía la intención de hablar de todo esto a solas con usted, pero ya que me hace perder el tiempo, no veo la razón para silenciarlo ante sus padres. Sepa, pues, que su trabajo de los últimos tiempos no nos satisface. Reconocemos que no es ésta la época más apropiada para los grandes negocios. Pero una temporada sin ningún negocio no puede, no debe haberla.

Gregorio estaba fuera de sí; su confusión le hizo olvidar toda prudencia:

—Señor gerente, le voy a abrir inmediatamente –exclamó–. Ya le abro. Experimenté un malestar, un vértigo que me impedía levantarme, todavía estoy en cama. Pero ya recobro mis fuerzas. Ya me levanto. Un instante más de paciencia, no estoy tan repuesto como creía. Pero, sin embargo, estoy mucho mejor. ¿Cómo una enfermedad puede tomarle a uno, así, por sorpresa? Ayer estaba bien. Pregúnteselo usted a mis padres. Eso sí, tuve ya un síntoma. Hubieran debido advertirlo. ¿Por qué no avisé a la empresa? Claro, uno siempre piensa que va a resistir la enfermedad, que no será preciso guardar cama. Señor gerente, ahórreles este disgusto a mis padres. Los reproches que acaba de hacerme no tienen fundamento; por otra parte, nunca me habían dicho nada. ¿Tal vez no han visto los últimos pedidos que envié? Tomaré el tren de las ocho; un momento más de reposo me repondrá. No quiero hacerle perder más tiempo, señor, iré enseguida al negocio. Dígaselo al jefe, por favor, y preséntele mis excusas.

Mientras lanzaba este torrente de palabras, sin saber muy bien lo que decía, se aproximó al baúl y trató de incorporarse apoyándose en él. Lo hizo con cierta facilidad, como consecuencia, sin duda, de sus intentos anteriores. Quería abrir la puerta, sí, y hacer que lo viera el gerente, hablarle. Sentía curiosidad por conocer la impresión que causaría a aquellas gentes que reclamaban tan imperiosamente su presencia. Si las asustaba SE sentiría tranquilizado, dejaría de ser responsable, y si no se inmutaban, tampoco tendría motivos para inquietarse. Todavía podría tomar el tren de las ocho si se apuraba. El baúl era liso. Gregorio resbaló varias veces; sin embargo, en un último impulso, logró incorporarse. Sin preocuparse por los intensos dolores de vientre que le aquejaron, se dejó caer sobre el respaldo de una silla cercana y logró mantenerse aferrando sus patas a los bordes del mueble. Dueño ya de su cuerpo, mantuvo el mayor silencio para escuchar al gerente.

—¿Han entendido ustedes algo de lo que ha dicho? –les preguntó éste a los padres–. Me imagino que no pretenderá burlarse de nosotros.

—¡Dios mío! ¡Dios mío! –exclamó la madre a punto de llorar–. Tal vez esté gravemente enfermo y nosotros estamos mortificándolo. ¡Greta! ¡Greta! –llamó.

—Mamá –respondió la joven a través del tabique, pues las separaba la habitación de Gregorio–. Ve a buscar un médico cuanto antes. Nuestro Gregorio está enfermo. Un médico. ¡Pronto! ¿Lo has oído hablar?

—Tenía una voz de animal –explicó el gerente en un tono que parecía quedo en contraste con las exclamaciones de las dos mujeres.

—¡Ana! ¡Ana! –llamó el padre, dirigiéndose al vestíbulo para que pudieran escucharlo desde la cocina–. Vaya a buscar al cerrajero inmediatamente.

Pero ¿cómo han podido las dos muchachas vestirse con tanta rapidez?

Corrían por el pasillo en dirección a la calle dejando oír el rumor de sus vestidos. Abrieron la puerta de calle, pero no se escuchó que la cerraran; tal vez la dejaran abierta como ocurre en las casas que albergan una gran desgracia.

Sin embargo, Gregorio se había tranquilizado. Claro que sus palabras –que a él le habían parecido muy claras por haberse acostumbrado ya a ese modo de articular– fueron ininteligibles para los demás. Pero, como mínimo, advertían que su caso no era normal y se aprestaban a socorrerlo. Le reconfortaron la decisión y la sangre fría con que se tomaron las primeras medidas: se sentía reintegrado en la sociedad y aguardaba al médico o al cerrajero, sin diferenciarlos mucho, hazañas grandiosas y sorprendentes. Para aclarar su voz, con vistas a la conversación que debía sostener, carraspeó con suavidad, temeroso de que su tos no pareciera a una tos humana; para tales discriminaciones no se fiaba ya de su propio juicio. Entre tanto, en el cuarto contiguo, reinaba el silencio. Era posible que sus padres se hubieran reunido alrededor de la mesa a fin de celebrar un conciliábulo secreto. O quizás escuchaban tras de la puerta. Gregorio se deslizó hasta ella, lentamente, con su silla. Allí la abandonó y se mantuvo en pie, casi adherido a la madera por la secreción viscosa de sus patas; tras un breve descanso, intentó abrir la puerta con la boca. Pero ¿cómo tomar la llave si no tenía dientes? Estaba provisto, eso sí, de fuertes mandíbulas que le permitieron mover la llave, desdeñando el dolor que le causaba, pues no tardó en salir de su boca un líquido oscuro, que se extendió sobre la cerradura y goteó luego sobre la alfombra.

—Escuchen –dijo el gerente en la estancia contigua–, está haciendo girar la llave.

Esto alentó a Gregorio. Hubiera deseado que su padre, su madre y todo el mundo gritaran: «¡Adelante, Gregorio; valor, insiste!». Pensando que todos estarían pendientes de su esfuerzo, se aferró a la llave con toda la mandíbula hasta caer exhausto. Siguiendo el movimiento de aquélla, su cuerpo danzaba en el aire colgado por la boca. De acuerdo con lo que juzgaba necesario, se agarraba simplemente de la llave, o bien la empujaba hacia abajo con todo el peso de su cuerpo. El sonido metálico del picaporte, que había cedido, le despertó del todo. «Puedo prescindir del cerrajero», pensó mientras suspiraba aliviado y apoyaba la cabeza sobre el pestillo para terminar de abrir.

Este modo de abrir, que, por otra parte, era el único posible, impidió que su familia viera a Gregorio por algunos instantes aun cuando la puerta ya estaba abierta del todo. Tuvo que girar con la mayor prudencia contra una de las hojas de la puerta para no malograr su entrada cayendo de espaldas. Estaba aún absorbido por la complicada maniobra cuando oyó a su jefe exclamar: «¡Oh!». Era una de esas interjecciones que más que eso parecen mugidos del viento, y lo vio –pues era el gerente quien más cerca estaba de la puerta– retroceder lentamente, como si una fuerza invisible, actuando siempre con la misma intensidad, lo alejara de allí. Al tiempo que se retiraba, el gerente se tapó la boca con la mano. La madre, que a pesar de la presencia del jefe había permanecido allí desgreñada, miró primero al padre y luego avanzó dos pasos hacia Gregorio, y cayó en el centro del círculo que habían formado los demás, extendiendo sus faldas a su alrededor y ocultando su rostro en su pecho. El padre cerró los puños con rencor, como para empujar a Gregorio hacia su habitación. Luego miró hacia el comedor, perplejo, y, cubriéndose los ojos con las manos, rompió a sollozar hasta conmover a su robusto pecho.

Gregorio se abstuvo, pues, de entrar en el cuarto, y se conformó con permanecer apoyado contra el marco de la puerta. Mostraba sólo la mitad de su cuerpo y la cabeza inclinada, al acecho. A todo esto, ya había aclarado y un edificio de fachada negruzca, perforada de manera regular por las ventanas, se recortaba junto a una casa, en la acera de enfrente. Aunque aún llovía, ahora se trataba de goterones que caían de manera aislada sobre el suelo. La vajilla utilizada para el desayuno cubría la mesa, pues para el padre era ésta la comida más importante del día y solía prolongarla mientras leía los distintos periódicos. En la pared se veía la fotografía de Gregorio con su uniforme de teniente como en los tiempos del servicio, sonriente, apoyando la mano en la espada, feliz de vivir, con una expresión que parecía exigir respeto por su indumentaria. Como la puerta que daba al vestíbulo estaba abierta, se veía también la del apartamento, así como el rellano y los primeros escalones.

Gregorio, que consideraba que era el único que mantenía la calma, declaró:

—Me visto en seguida, arreglo mis muestrarios y salgo de casa. ¿Quieren ustedes dejarme partir? ¿Lo quieren? Como usted ve, señor gerente, no me obstino. Los viajes, indudablemente, son penosos, pero no podría vivir sin viajar. ¿Adónde va usted, señor gerente? ¿Al negocio? ¿Sí? ¿Elaborará usted un informe justo? Se puede padecer un momento de incapacidad para cumplir con sus obligaciones, pero es entonces justamente cuando deben recordarse los méritos anteriores y pensar que, superado ese obstáculo, uno será aún más diligente en su trabajo. Mucho le debo al señor jefe, bien lo sabe usted. Tengo a mis padres y a mi hermana a mi cargo. Paso por una situación difícil, pero saldré de ella trabajando. No me dificulte usted el logro de mis propósitos. Póngase de mi parte en el negocio. Yo sé que al viajante no se le quiere. Creen que gana mucho dinero llevando una vida principesca. Y reconozco que la situación actual no induce a revisar este prejuicio. Pero usted, señor gerente, usted que sabe juzgar mejor que el resto del personal, que el mismo jefe (él en su condición de empleador es proclive a dejarse influenciar en perjuicio del empleado), usted bien sabe que el viajante, por estar ausente del negocio la mayor parte del año, con frecuencia es víctima de habladurías o de una casualidad, de un reclamo injusto, y que no puede defenderse, porque ni siquiera sabe quién le acusa y sólo se entera cuando regresa, agotado por los viajes, y comienza a sufrir en su propia carne las consecuencias. Señor gerente, no se vaya sin hacerme siquiera un gesto de asentimiento.

Pero el gerente, al escuchar las primeras palabras de Gregorio, se había vuelto y lo miraba por encima del hombro con una mueca de repugnancia y sin poder reprimir el temblor convulsivo que lo agitaba. Mientras hablaba Gregorio, en lugar de escucharlo imperturbablemente, se había ido alejando, poco a poco, hacia la puerta. Se hubiera dicho que una fuerza secreta le impedía abandonar la habitación. Había alcanzado ya el vestíbulo, y el último paso que dio para salir del comedor fue tan brusco como si marchara sobre brasas. Luego extendió la mano hacia el pasamanos, aún distante, como hacia una liberación sobrenatural que lo aguardara abajo.

Gregorio comprendió que si deseaba conservar su empleo, no debía dejarlo partir en ese estado de ánimo. Por desgracia, sus padres no veían tan claramente la situación; apenas comenzó a trabajar en ese comercio se habían hecho a la idea de que estaba colocado para toda la vida, y las preocupaciones de ese momento los absorbían hasta el punto de impedirles hacer previsiones. Pero el corazón de Gregorio albergaba un presentimiento. Había que detener, calmar, convencer y, por fin, conquistar al gerente, ya que de ello dependía el futuro de Gregorio y de su familia. ¡Ah, si su hermana hubiera estado allí! Ella lo comprendería. Ya la había oído llorar cuando, echado sobre sus espaldas, permanecía aún en la inconsciencia. Y el gerente, débil ante las mujeres, hubiera atendido a sus explicaciones, dejándose guiar por la joven. Ella habría cerrado la puerta y, en el vestíbulo, le hubiera convencido de que no existían razones para temer. Pero ella no estaba; todas las negociaciones estaban en manos de Gregorio. Y sin inquietarse por saber si podría ir muy lejos o si sus explicaciones habían sido comprendidas –lo cual era improbable–, abandonó la hoja de la puerta donde se apoyaba y pasó por la rendija para alcanzar al gerente, que se aferraba a la baranda de la escalera del modo más ridículo. Buscó en vano un punto de apoyo y cayó sobre sus patas esmirriadas, dando un grito. Por primera vez durante toda la mañana experimentó una sensación de bienestar.

Sus patas sobre tierra firme le obedecían a las mil maravillas; más aún, ardían en deseos de llevarle adonde ordenase. Esta comprobación lo colmó de alegría. Ya se disponía a creer que el fin de sus males había llegado cuando, mientras se balanceaba reprimiendo la irresistible necesidad de movimiento que lo acosaba, su madre, tendida cerca de él, aparentemente desvanecida, agitó un brazo de pronto y, abriendo con desmesura sus manos, gritó de pronto: «¡Socorro! ¡Auxilio! ¡Auxilio!». Inclinó la cabeza como para ver mejor, y luego, en flagrante contradicción, retrocedió con desesperación y, sin pensar en la mesa todavía tendida, chocó bruscamente contra ella. De repente se sentó sobre el mantel, sin percatarse de que, a su lado, de la cafetera volcada vertía el café, que se extendió por la alfombra.

—Mamá, mamá –murmuró Gregorio levantando la vista.

En ese momento no pensaba en el gerente; al ver el café vertido, no pudo reprimir el movimiento de sus mandíbulas. Esto provocó nuevos gritos de su madre. La señora abandonó la mesa y cayó en brazos del padre, quien corrió para sostenerla. Pero Gregorio ya no se preocupaba por ellos. El gerente descendía; apoyando el rostro contra la baranda, dirigía una última mirada hacia atrás. Gregorio tomó impulso para alcanzarlo, pero el hombre debió sospechar algo, porque de un salto bajó varios escalones y desapareció mientras gritaba: «¡Uh! ¡Uh!», de manera que su voz retumbaba por toda la escalera. Esta fuga tuvo la desdichada consecuencia de hacer perder la cabeza al padre, que hasta entonces se había mantenido más o menos dueño de sí mismo. En lugar de correr tras el gerente o, por lo menos, permitir que su hijo lo hiciera, empuñó el bastón que el visitante había olvidado sobre una silla junto con el abrigo y el sombrero, y, con la otra mano, blandió el diario que estaba sobre la mesa. Mientras agitaba uno y otro, con los tacos golpeaba en el suelo, obligando a Gregorio a retroceder hasta su cuarto. De nada valieron las súplicas del hijo; no las comprendía. Por más vueltas que dio en torno a él, no logró más que irritarlo aún más. La madre había abierto la ventana del comedor a pesar del frío reinante y se asomaba, cubriéndose el rostro

31

con las manos. Se produjo una fuerte corriente de aire entre el comedor y la escalera; las cortinas se movieron; los diarios se arrugaron y algunas hojas sueltas rodaron por el suelo. El padre, implacable, acosaba a su hijo con silbidos dignos de los indios sioux. Pero Gregorio carecía de práctica en el retroceso y marchaba lentamente hacia atrás. Si se hubiera vuelto, habría alcanzado su habitación enseguida. Sin embargo, dudaba, temiendo que la lentitud del giro irritara aún más al padre, que lo amenazaba con un golpe mortal sobre su cabeza o su columna. Pero pronto dio la vuelta, pues comprobó con espanto que, al retroceder, perdía la dirección. Así fue como, sin dejar de mirar angustiado a su padre, giró con la mayor rapidez posible, es decir, muy lentamente. Tal vez éste reparó en su buena voluntad, pues sin dificultar la maniobra, desde lejos ayudó a Gregorio con el extremo del bastón. Pero ¿por qué no dejaría de silbar? Esa horrible estridencia enloquecía a Gregorio. Cuando ya iba concluir la vuelta, el constante silbido lo confundió, haciendo que errara en el ángulo. Por fin, con gran alegría, se encontró frente a la puerta de su habitación. Advirtió la estrechez de la rendija abierta. No podría pasar sin lastimarse. Al padre, en el estado de ánimo en que se encontraba, no se le ocurrió abrir ambas hojas. Era presa de una idea fija: que Gregorio volviera a su habitación. De ningún modo hubiera soportado los complicados preparativos a los cuales debía recurrir Gregorio para erguirse y pasar de pie. Éste oía los gruñidos de su padre que, situado tras él, lo empujaba como si no hubiera ningún obstáculo que impidiera que pasara. El estrépito que oía Gregorio parecía fruto de las voces de cien mil padres. La cosa no estaba para bromas, y el joven, como pudo, se introdujo por la abertura. Quedó en posición oblicua, erguido a medias, con el costado presionado por el marco de la puerta. Oscuras manchas cubrieron la pintura blanca que lo recubría. Gregorio estaba aprisionado y no podía liberarse solo. Mientras algunas de sus patas se agitaban en el aire, otras estaban dolorosamente prensadas por el cuerpo. Entonces el padre le sacudió un violento golpe, lo que le alivió muchísimo. Tras un trayecto bastante largo fue a caer en el centro de la habitación. Sangraba de manera copiosa. La puerta se cerró con un bastonazo y reinó el silencio.

II

Gregorio despertó cuando acababa de anochecer tras un sueño pesado como el plomo que se parecía mucho a la muerte. Aunque no lo hubieran molestado, no habría tardado en despertar, porque había satisfecho sus horas de sueño. Le pareció, sin embargo, que le había alterado un ruido de pasos furtivos y el suave rechinar de una llave en la cerradura de la puerta del vestíbulo. El reflejo del tranvía eléctrico salpicaba de manchas blanquecinas el falso techo y la parte superior de los muebles, pero abajo, donde estaba Gregorio, reinaba la noche. Para saber qué había ocurrido se arrastró poco a poco hasta la puerta, tanteando con torpeza el contorno con sus antenas, cuya utilidad comenzaba a apreciar. Su costado izquierdo le parecía una larga e inflamada herida. Una hilera de patas cojeaba. Una de ellas, muy dañada durante los incidentes de la mañana –en realidad era un milagro que no lo hubieran sido las restantes–, se arrastraba como un miembro muerto. Cuando ya estaba en la puerta, supo qué lo había atraído: el aroma de la comida. En efecto, allí había un recipiente con leche y trozos de pan remojados en ella. Poco faltó para que riera de gozo, pues su apetito era todavía mayor que por la mañana. Sumergió su cabeza casi hasta los ojos. Pero no tardó en retirarla desencantado. Ese desdichado lado izquierdo lo alteraba, pues, para comer, ponía todo su cuerpo en movimiento. Además, no podía soportar la leche, aunque antes fuera su bebida predilecta, que su hermana, sin duda, le había servido para agasajarlo. Se apartó de la escudilla casi con repugnancia y retrocedió hasta el centro de la habitación.

En el comedor ardía la lámpara de gas, lo que era evidente por la rendija de la puerta. A esa hora, el padre acostumbraba a leer el diario de la tarde a su familia, pero ahora Gregorio no oía nada. Tal vez esa lectura tradicional, a la que siempre se refería su hermana en las cartas y conversaciones, hubiera sido abandonada en los últimos tiempos. El silencio era completo, aunque seguramente había gente en el apartamento. «Qué vida tan tranquila lleva mi familia», pensaba Gregorio, con la mirada fija en la oscuridad, sintiéndose muy orgulloso de haber brindado a sus padres y hermana una existencia con tanta calma en ese hermoso apartamento. Pero ¿qué ocurriría si tanta paz, satisfacción y bienestar se derrumbaran estrepitosamente? Para no ahogarse en esos pensamientos tan tétricos, y, en cambio, hacer un poco de ejercicio, decidió arrastrarse sobre su vientre. En el transcurso de la noche vio entreabrirse ambas hojas de la puerta, una primero y otra después. Quizás alguien sintiera la necesidad de entrar en su habitación y luego no se atreviera a hacerlo. Gregorio decidió montar guardia en la puerta que daba al comedor, para atraer al interior de su habitación al visitante indeciso, o, por lo menos, identificarlo. Pero la puerta no volvió a abrirse, y la espera de Gregorio fue en vano. Por la mañana, cuando las puertas estaban cerradas, todos querían invadir su habitación, y ahora que era posible abrirlas, nadie iba a visitarlo. Las llaves estaban en las cerraduras, hacia el exterior.

La luz se apagó muy tarde en el comedor, y Gregorio comprobó fácilmente que sus padres y su hermana habían velado hasta entonces, pues los oyó alejarse de puntillas. Naturalmente nadie volvió a su cuarto, y tuvo tiempo de sobra para meditar acerca de la organización de su nueva vida. Pero esa enorme habitación donde debía permanecer echado de bruces lo atemorizaba sin que él mismo pudiera comprender la causa, pues en ella vivía hacía ya cinco años. Un reflejo inconsciente lo impulsó de pronto a deslizarse debajo del sofá. Se encontró muy bien allí, aunque con la espalda un tanto incómoda y con los movimientos de la cabeza limitados. Lamentaba tan sólo que su cuerpo fuera demasiado voluminoso como para introducirlo por completo bajo el mueble.

Allí pasó toda la noche, ya semisumergido en un sueño del que despertaba sobresaltado por las angustias del hambre, ya rumiando sus inquietudes y sus vagas esperanzas para llegar a la conclusión de que, de momento, su deber era mantenerse en silencio y mostrase paciente y considerado para hacerles soportables a los suyos los inconvenientes que, a su pesar, les imponía su situación.

Por la mañana temprano tuvo oportunidad de poner a prueba la firmeza de sus recientes resoluciones. Todavía no se había aclarado cuando su hermana, ya casi vestida, se asomó y miró con curiosidad. No lo vio de inmediato, pero cuando advirtió su presencia bajo el sofá, «en algún lado debía estar, caramba, pues no era posible que hubiese volado», experimentó un irreprimible temor que la obligó a volverse dando un portazo. Luego, tras arrepentirse de su actitud, abrió de nuevo y entró de puntillas, como si lo hiciera en el cuarto de un enfermo grave o de un extraño. Gregorio, que se había asomado por debajo del sofá, la observaba. ¿Comprendería su hermana que si había dejado la leche no era por no tener hambre? ¿Le traería algo más acorde con sus gustos actuales? Si ella misma no le comprendía, él preferiría morir de hambre antes que hablarle de eso. Sentía, sin embargo, unos deseos enormes de abandonar su escondite para arrojarse a los pies de su hermana y rogarle que le trajera algo de comer. La joven advirtió de inmediato que la escudilla estaba llena y se asombró. Algunas gotas habían caído alrededor del recipiente. Sin tocarlo, lo recogió tomándolo con un papel y lo llevó a la cocina. Gregorio aguardaba con curiosidad lo que traería su hermana y se afanaba por adivinarlo. Jamás hubiera sospechado hasta dónde llegaba la bondad de Greta. Para orientarse con respecto a los gustos de Gregorio, le acercó un surtido completo de comida colocado sobre un diario viejo. Había trozos de verduras, medio podridos ya; huesos de la cena del día anterior cubiertos por una salsa blanca cuajada; uvas pasas; almendras; un queso que días atrás rechazara Gregorio; un pan rancio; una tostada con mantequilla salada y otra sin sal. Completaba el aprovisionamiento la escudilla llena de agua en apariencia definitivamente destinada al hermano. Luego, pensando que no comería en su presencia, la joven, en un delicado gesto, se retiró cerrando la puerta con llave para hacerle comprender que podía comer a sus anchas. La mesa estaba ahora puesta, y Gregorio sentía una especie de zumbido en sus patas. Sus heridas, sin duda, ya se habían curado, pues no experimentaba ninguna molestia. Era sorprendente que la herida de un mes antes en uno de sus dedos, es decir, cuando era aún un ser humano, todavía le molestara el día anterior. Tal vez se insensibilizaba. Pero cuando este pensamiento lo inquietó, se sintió atraído por el trozo de queso y comenzó enseguida a lamerlo. A continuación, devoró, como un auténtico tragón, el queso, las verduras y las salsas que las cubrían. Sus ojos estaban húmedos de satisfacción. En cuanto a los alimentos frescos no demostró ningún interés. Su olor casi le repugnaba, y, para comer, los apartó. Hacía ya un buen rato que había concluido, y permanecía en el mismo lugar haciendo la digestión, cuando su hermana hizo girar poco a poco la llave, como para advertirle que debía retirarse. Gregorio sintió un gran temor y se apresuró a refugiarse bajo el sofá. Pero necesitó apelar a toda su voluntad para permanecer allí durante el tiempo, bastante breve por cierto, que su hermana permaneció en la habitación para adecentarla. La copiosa comida le había dilatado el vientre y apenas si podía respirar en su reducto. Acosado por los accesos de ahogo, vio a su hermana que, con los ojos llenos de lágrimas, barría, junto con los restos de su comida, los alimentos que no había tocado, como si ya no fueran aprovechables. La joven se apresuró a arrojar todo dentro de un balde. Lo cerró con una tapa de madera y se lo llevó con rapidez. No había acabado de salir su hermana, cuando Gregorio abandonó el escondite para estirarse y que el vientre recuperara su volumen normal.

De esta manera recibió su alimento diario. Por la mañana, antes de que sus padres y la sirvienta despertaran, y después del almuerzo, mientras ellos dormían la siesta, la sirvienta cumplía con algún encargo que la hermana dejaba siempre para esa hora. Indudablemente, los demás no deseaban que Gregorio muriera de hambre, pero preferían conocer los detalles de su alimentación sólo de oídas. Es muy probable que no hubieran soportado verlo. Aunque también era posible que no estuvieran tan asqueados y que la joven exagerara las precauciones para evitarles una pena más, pues ya tenían bastantes.

Gregorio nunca supo de qué pretexto se habían valido el primer día para despedir al médico y al cerrajero, porque nadie, ni su hermana, creía que él pudiese comprender a los demás. Debía, pues, contentarse con escucharla a ella invocando a los santos, entre sollozos, cuando acudía a su cuarto. Sólo mucho después, cuando Greta se resignó, porque nunca llegó a habituarse a la nueva situación, Gregorio sorprendió algunas reflexiones que la joven expresaba en alta voz. Cuando había comido todo, decía: «Hoy le ha gustado». Otras veces, cuando no demostraba apetito, que era lo más frecuente, se lamentaba: «Otra vez ha dejado todo». Esas exclamaciones evidenciaban el compromiso de la hermana.

Si bien no se enteraba directamente de las noticias, Gregorio escuchaba lo que se decía en el comedor. En cuanto oía voces, corría hacia la puerta más cercana al lugar de donde provenían y se pegaba a ella con todo su cuerpo. Al principio, todas las conversaciones se referían a él. Durante dos días, las comidas fueron consagradas a deliberar sobre la actitud que había que asumir con su persona. Fuera de las comidas también se hablaba de lo mismo. Esto ocurría durante todo el día, pues siempre había en la casa por lo menos dos miembros de la familia, ya que nadie se atrevía a permanecer solo en ella, y menos aún a dejarla sin vigilancia. Lo que no se sabía a ciencia cierta era hasta qué punto la sirvienta se había enterado de lo ocurrido. El primer día había implorado a su ama que la despidiera y, un cuarto de hora más tarde, partía agradeciendo con lágrimas en los ojos el favor que se le había concedido, comprometiéndose, por un espontáneo juramento, a no contar jamás a nadie, nunca jamás, nada de lo sucedido. La madre y la hermana debieron cocinar a partir de ese instante, pero esta tarea no les daba mucho trabajo, ya que el apetito había disminuido en la casa. Gregorio oía cómo se aconsejaban que tenían que comer más, pero era en vano. Siempre eran las mismas respuestas: «Gracias, no tengo apetito», o algo semejante. Quizás tampoco bebieran. A menudo, la hermana le preguntaba al padre si no deseaba cerveza, y, con la mejor voluntad, se ofrecía para ir a buscarla; ante el silencio de él, proponía enviar a la portera para evitar sus escrúpulos, pero todo era inútil, ya que el padre respondía negativamente.

En el transcurso del primer día, el Señor Samsa expuso a su mujer y a su hija la situación y perspectivas económicas de la familia. De vez en cuando se incorporaba para buscar algún documento o libro de contabilidad en la caja fuerte Wertheim, que cinco años antes lograra salvar de la quiebra.

Se le oía abrir la complicada cerradura y cerrarla tras haber encontrado el documento que buscaba. Estas explicaciones de índole financiera interesaban a Gregorio más que cualquier otra cosa desde que comenzara su cautividad. Creía que su padre no había salvado nada de su ruina. Al menos el padre no le había dicho otra cosa. Ni él lo había interrogado. Se había limitado a trabajar para que los suyos olvidaran el desastre lo más rápido posible. Se había empeñado hasta el punto de lograr convertirse, casi de un día para otro, de dependiente sin importancia a viajante, con todas las prerrogativas de tal empleo; merced al sistema de comisiones, sus éxitos se traducían de inmediato en dinero contante y sonante que exhibía sobre la mesa, ante una familia asombrada y satisfecha. Qué tiempos felices aquéllos. Su esplendor no se había repetido, si bien Gregorio continuaba ganando el sustento de su familia. Todos se habían acostumbrado, tanto la familia como él. La familia recibía el dinero agradecida, y él, por su parte, se lo entregaba de buena gana, pero sin las efusiones de los primeros tiempos. Sólo la hermana había mantenido su ternura hacia Gregorio, quien tenía el proyecto de hacer que ingresara en el conservatorio el año siguiente. El joven no repararía en gastos; trataría de cubrirlos de alguna manera, pues su hermana, que en esto difería de él, amaba la música. El tema del conservatorio era frecuente en las conversaciones entre los hermanos cuando él pasaba unos días en casa. Se referían a ello como un sueño imposible de realizar, pero, en realidad, a pesar de que tales alusiones desagradaban a los padres, Gregorio pensaba en ello seriamente, y así pensaba anunciarlo en Nochebuena con toda solemnidad.

Estas ideas, completamente fuera de lugar en su nueva situación, ocupaban su mente mientras se mantenía junto a la puerta para escuchar las conversaciones. A veces se sentía tan fatigado que dejaba caer su cabeza, pero de inmediato la erguía, porque el menor ruido era percibido enseguida en el comedor. Se producía entonces un silencio. «¿Qué estará haciendo ahora?», inquiría el padre al cabo de un momento, volviéndose, sin duda, hacia su habitación, y la conversación interrumpida se reanudaba con tranquilidad.

El padre repetía sus explicaciones para recordar detalles olvidados o bien para hacérselos comprender á la madre, que no siempre los captaba. Así supo Gregorio que, a pesar de todos los reveses que había padecido, sus padres habían logrado salvar cierta cantidad de dinero, que aunque era bastante reducida, había aumentado gracias a los intereses.

Tampoco habían gastado todo el dinero que él entregaba —apenas reservaba algunos florines para sí mismo—, de manera que habían reunido un pequeño capital. Detrás de la puerta, Gregorio asentía con la cabeza, feliz ante esa inesperada previsión. Sin duda, con ese dinero hubiera podido amortizar la deuda de su padre para con el jefe y, de ese modo, anticipar su liberación. Pero dadas las circunstancias, era preferible que el padre hubiera procedido tal como lo había hecho.

Lamentablemente, ese dinero no era suficiente para que su familia viviera de las rentas; a lo sumo, alcanzaría para uno o dos años. Esos ahorros constituían, pues, un capital que debía reservarse para un caso de necesidad, el dinero para vivir habría que ganarlo.

El padre era ya un anciano. Había dejado de trabajar cinco años atrás, de manera que no se podía contar con él. Durante esos cinco años de retiro, la primera pausa en una vida consagrada al trabajo y al fracaso, su vientre había aumentado y había ganado peso. ¿Acaso su anciana madre podría trabajar, atacada como estaba por el asma? Bastante le costaba ya arrastrarse por la casa. Permanecía la mayor parte del tiempo tumbada en el sofá, ante la ventana abierta, sin aliento. ¿Y la hermana? Una criatura de diecisiete años que parecía que había nacido para la vida que hasta entonces llevaba: vestirse con gracia, dormir lo necesario, ayudar en los quehaceres, participar en alguna modesta diversión y, sobre todo, tocar el violín. ¿Podría ser ella quien se ganara la vida y la de los suyos? Cuando se trataba este tema, Gregorio abandonaba la puerta para instalarse en el sofá de cuero, cuya frescura le resultaba grata a su cuerpo, ardiente de pena y vergüenza.

A menudo transcurrían allí sus noches de insomnio. Solía pasar horas arañando el tapizado. Otras veces, sin preocuparse por el esfuerzo que ello implicaba, arrastraba su sillón hasta la ventana y, apuntalado por su asiento, se apoyaba en ella, no tanto para disfrutar del paisaje como para rememorar la sensación de libertad que experimentó antaño al mirar hacia fuera. Cada día sentía cómo avanzaba su miopía. Ya no alcanzaba a percibir el hospital de enfrente cuya vista una y otra vez maldecía cuando era un ser humano. Más aún, si no hubiera tenido la certidumbre de habitar en la Charlottenstrasse, una calle tranquila pero urbana, hubiera creído que su ventana daba a un desierto, donde cielo y tierra confundían sus grises. Bastó que su hermana, siempre alerta, advirtiera dos veces que el sillón estaba junto a la ventana para que comprendiera; desde entonces, cuando arreglaba la habitación, lo colocaba así, dejando, además, una hoja abierta.

Si Gregorio hubiera podido dirigirse a su hermana para agradecerle todo cuanto hacía por él, hubiera soportado mejor todos esos favores, pero así, condenado al mutismo, sufría lo indecible. Greta, naturalmente, trataba de disimular lo penoso de la situación, y lo iba logrando a medida que el tiempo transcurría. Pero no podía impedir que Gregorio advirtiera su esfuerzo. Le bastaba con verla aparecer para sentir una inmensa pena. Apenas entraba en el cuarto de su hermano, sin atinar siquiera a cerrar la puerta, a pesar del cuidado que ponía en evitar que los demás vieran el interior. Corría hacia la ventana y permanecía unos instantes junto a ella, por mucho frío que hiciese, respirando profundamente, como si temiera asfixiarse. Dos veces al día, la joven asustaba a su hermano con esa carrera y el consiguiente portazo. Gregorio permanecía bajo el sillón, tembloroso, mientras duraba la sesión. Bien sabía que si su hermana abría la ventana, era porque no toleraba el ambiente de su habitación.

Un mes después de su metamorfosis, la hermana –que ya no se asustaba de su aspecto– entró en el cuarto de Gregorio antes de la hora habitual y lo sorprendió mirando por la ventana en una posición capaz de inspirar terror. Si la joven no hubiera entrado, Gregorio no se hubiese extrañado, pero ella había retrocedido y había cerrado la puerta; cualquiera hubiese creído que su hermano la acechaba para morderla. Se ocultó de inmediato bajo el sofá y aguardó allí hasta el mediodía. La muchacha regresó, pero mucho más inquieta que de costumbre. Esta actitud le indicó que su aspecto continuaba inspirando repugnancia a su hermana; más aún, que ocurriría siempre lo mismo y que debía hacer un gran esfuerzo para no huir con la sola vista de un pedazo de su cuerpo sobresaliendo. Para evitarle ese espectáculo, cargó sobre su lomo una sábana de la cama, la transportó y la colocó sobre el sofá, de modo que, aun agachándose, su hermana no pudiese verlo bajo el mueble. Esta operación lo mantuvo ocupado durante cuatro horas. Si ella hubiera considerado que esa precaución era superflua, habría hecho que desapareciera la sábana, pues comprendería muy bien que, si Gregorio se atrincheraba de ese modo, no era por su gusto. Sin embargo, dejó la sábana tal cual estaba. Gregorio la levantó un instante para observar la impresión que había causado a su hermana la novedad y creyó advertir en sus ojos una mirada de agradecimiento.

Durante los primeros quince días, sus padres no habían podido afrontar la visita a Gregorio. A menudo los oía alabar el celo de su hermana, a quien antes consideraban una muchacha inútil que menudo provocaba sus quejas. Ahora, con frecuencia, aguardaban a que concluyera de arreglar el cuarto de Gregorio para que, al salir, les hiciera un relato minucioso del estado de la habitación y de las acciones, así como de la alimentación de su hijo. Inquirían siempre si no había notado alguna mejoría. La madre se mostraba impaciente por verlo, pero su esposo y su hija la retenían con argumentos que Gregorio escuchaba con atención, cabe afirmar que aprobándolos. Más adelante, sin embargo, hubieron de emplear la fuerza y, cuando la madre exclamaba: «Dejadme ver a mi pobre hijo. ¿No comprendéis que debo verlo?», Gregorio pensaba que tal vez convendría que su madre lo visitara, si no todos los días –esto hubiera sido una locura–, sí, como mínimo, una vez a la semana, por ejemplo. Ella le comprendería mejor que su hermana. Ésta, aunque decidida, no dejaba de ser una criatura, y tal vez había asumido esa pesada tarea simplemente por la ligereza propia de sus años.

El deseo de ver a su madre no tardó en ser satisfecho. Durante el día, por consideración hacia sus padres, Gregorio evitaba mostrarse en la ventana. Paseaba por el suelo sin que ello le complaciera mucho. Tampoco podía quedarse acostado, pues tan apenas dormía durante la noche. La comida dejó de proporcionarle placer. Concluyó, pues, adquiriendo el hábito de pasearse por las paredes y por el falso techo. Esto le distraía. Lo que más le atraía era quedar suspendido del techo. Aquello era mejor que estar en el suelo. Se respiraba bien y, además, se sentía una agradable oscilación en el cuerpo. Pero invadido por ese estado de euforia, ante su propia sorpresa, se desprendió del falso techo y fue a dar en el suelo. Como había aprendido a utilizar todos los recursos de su cuerpo, estas caídas le resultaban inofensivas. Greta fue consciente muy pronto de estos paseos porque dejaban señales en las paredes. La joven se propuso facilitarlos haciendo desaparecer los muebles que pudieran entorpecerlos, sobre todo el baúl y el escritorio, pero, por desgracia, no tenía la fuerza necesaria para desplazarlos sola y no quería recurrir a su padre; en cuanto a la sirvienta, una joven de dieciséis años, si bien se comportaba con valentía desde la partida de la cocinera, había impuesto la condición de refugiarse en la cocina y no abrir si no se lo ordenaban. Llamaría entonces a la madre un día durante la ausencia del padre. La madre acudió, dejando escuchar exclamaciones de alegría que cesaron ante la puerta del cuarto de Gregorio: la hermana no dejó entrar a su madre hasta después de haber realizado una inspección profunda. Gregorio, por su parte, se había apresurado a bajar la sábana más que de costumbre y le había hecho innumerables pliegues, como para dar al conjunto el aspecto de una naturaleza muerta. Renunció, además, a espiar por debajo de la sábana y a ver a su madre; simplemente se alegró de su visita.

—Puedes entrar. No se le ve —dijo la joven, y condujo a su madre de la mano.

Gregorio oyó entonces cómo las dos débiles mujeres empujaban el baúl —un mueble de considerable peso— para trasladarlo. La hermana realizaba la parte más dura del trabajo, a pesar de las advertencias de su madre, temerosa de que se lastimara. Pero la operación duraba mucho tiempo. Hacía ya más de cuatro horas que ambas se esforzaban, cuando la madre por fin afirmó que era preferible dejarlo en su lugar, porque, al ser tan pesado para ellas, no concluirían antes de que llegara el padre, y el mueble, en medio de la habitación, obstruiría el paso. Además, ni siquiera sabían si la desaparición de su mobiliario complacería a Gregorio. La madre no lo creía. La vista de la pared desnuda le oprimía el corazón. Por qué no pensar que lo mismo le ocurriría a Gregorio, tan acostumbrado a ver sus muebles desde hacía muchísimo tiempo; al ver la habitación vacía podría sentirse abandonado.

—Parecería, sin duda –prosiguió en una voz muy queda. Desde el comienzo cuchicheaba, como para evitar que Gregorio, cuyo refugio ignoraba, pudiese, no ya comprender lo que decía, pues no creía que fuera capaz, percibir el sonido de su voz–. Parecería –repitió– que, al quitar los muebles, renunciamos a toda esperanza de que se recupere y, lo que es más, que lo abandonamos a su suerte con toda maldad. Creo que lo mejor sería dejar la habitación tal y como estaba para que Gregorio no advierta ningún cambio cuando se recupere, y olvide así más fácilmente.

Al escuchar estas palabras, Gregorio comprendió cómo la vida monótona de esos dos meses, sin que nadie le dirigiera la palabra, había perturbado su mente. De otro modo no se explicaba ese deseo de tener la habitación vacía. Deseaba realmente que esa estancia tibia y confortable se transformase en una caverna, que le permitiría, eso sí, retozar a sus anchas, aunque olvidara rápida y completamente su pasada condición humana. En realidad, ya la estaba olvidando, y la voz de su madre –que no oía desde hacía tanto tiempo– lo había arrancado de su sopor. No, mejor que no retiraran nada. No podría prescindir de la buena influencia de su mobiliario, si bien le impedía arrastrarse con libertad, eso no lo perjudicaría, sino que, por el contrario, sería un bien para él.

Por desgracia, su hermana no tenía la misma opinión. Había adquirido la costumbre de imponer su criterio en lo relacionado con Gregorio. Ciertamente, razones tenía para ello. En esa ocasión le bastó el consejo de su madre para perseverar en su decisión. Pero no se satisfizo ya con retirar el baúl y el escritorio, como se proponía antes, sino que también decidió retirar todos los muebles a excepción del indispensable sofá. En realidad, sus exigencias no provenían de la confianza en sí misma, adquirida como consecuencia de los tristes acontecimientos que le tocara vivir, ni tampoco era un pueril alarde de dominio. No, en realidad ella había observado que su hermano necesitaba mucho espacio para sus andanzas; además, lo cierto es que no utilizaba los muebles. Tal vez el romanticismo propio de su edad no era ajeno a su decisión. Deseaba consagrarse más aún a su hermano, y este anhelo la impulsaba a dramatizar su situación. Pues, claro está, nadie se atrevería en adelante a entrar en un recinto donde Gregorio reinaría por techos y paredes.

No se dejó convencer por su madre, inquieta e indecisa bajo la influencia del ambiente de aquella habitación. La señora decidió, entonces, ayudar a su hija a retirar el baúl. Gregorio aceptaba que se lo quitaran, pues, en rigor, de verdad podía prescindir de él. Pero del escritorio no quería desprenderse. Tan apenas las mujeres habían abandonado la habitación con el baúl, que empujaban jadeantes, Gregorio asomó la cabeza para examinar las posibilidades de actuar con la mayor prudencia y mucho tacto. Pero su poca suerte quiso que fuera su madre quien entrase primero, mientras Greta, en la pieza contigua, trataba, inútilmente, de desplazar el baúl. La madre no estaba acostumbrada a ver a Gregorio, y poco faltó para que enfermase al encontrarse ante él. Asustado, se apresuró a retroceder hasta el otro extremo del sofá, pero no pudo evitar un movimiento que repercutió en la sábana, atrayendo la atención de la señora. Ésta se detuvo, permaneció inmóvil un instante y se volvió en dirección a su hija. Era inútil que Gregorio se repitiera que no ocurría nada extraordinario, que tan sólo trasladaban algunas maderas; las idas y venidas de las mujeres, sus exclamaciones y el chirrido de los muebles le daban la impresión de un ruido alimentado desde diversos lugares. Hasta tal punto le resultaba intolerable que ocultó la cabeza, contrajo las patas y se aplastó contra el suelo, confesándose incapaz de soportar tal suplicio durante mucho tiempo. Su madre y su hermana le vaciaban el cuarto; se llevaban todo cuanto amaba. Ya habían hecho desaparecer el baúl donde guardaba su sierra y demás herramientas, y ahora el escritorio, que había sido fijado al suelo y sobre el cual hiciera sus deberes de la escuela comercial y hasta de primaria. Evidentemente, ya no podía tener en cuenta sus intenciones; por otra parte, casi ni recordaba su existencia, pues la fatiga le impedía hablar; tan sólo oía el sonido de sus pisadas.

Aventuró una salida mientras ellas recuperaban el aliento, apoyadas sobre el escritorio, en la habitación contigua. No sabía por dónde comenzar el salvamento cuando, de pronto, percibió que la imagen de la dama envuelta en pieles asumía una enorme importancia sobre la pared desnuda. Se apresuró entonces a trepar por el tabique y apoyó su vientre ardiendo, adhiriéndolo al vidrio. Éste lo refrescó deliciosamente. Como mínimo, nadie se podría llevar esa imagen. Volvió la cabeza hacia la puerta del comedor para observar cómo regresaban las mujeres.

El descanso que se habían tomado no había sido muy largo. Pronto retornó Greta conduciendo a su madre, a quien llevaba tomándola de la cintura.

—¿Qué llevamos ahora? —inquirió mirando en todas direcciones.

Sus ojos se cruzaron entonces con los de su hermano, colgado de la pared, y si logró mantener su sangre fría fue para impedir que su madre lo viese. De inmediato se inclinó sobre ella y, sin poder reprimir un ligero temblor, la invitó a pasar un momento al comedor. La intención de la muchacha estaba bien clara, y Gregorio la interpretó. Quería dejar a su madre en un lugar seguro para apartarlo luego de la pared. Pues bien, que lo intentara. Él permanecía adherido al cuadro, y antes que abandonarlo hubiera preferido saltar al rostro de su hermana. Pero al proponerle partir, Greta sólo consiguió inquietar a su madre. Ésta se volvió y advirtió sobre el muro empapelado una enorme mancha negra, y antes de identificar a Gregorio exclamó:

—¡Ay, Dios mío! ¡Dios mío! —Su voz soplaba ronca y chillona. Cayó enseguida sobre el sofá, con los brazos en cruz, sin dar señales de vida.

—¡Oh Gregorio! —le recriminó la hermana levantando el puño, al tiempo que atravesaba a su hermano con la mirada. Era la primera vez que le dirigía la palabra después de la metamorfosis.

Corrió como pudo para reanimar a su madre de su desvanecimiento; entre tanto, Gregorio decidió ayudarla. Esto no le impediría –llegado el momento– salvar su cuadro. Como estaba fuertemente adherido al vidrio, debió hacer un esfuerzo para desprenderse. Acudió al comedor, como si aún pudiese aconsejar a su hermana, pero debió conformarse con observarla mientras ella revolvía los frascos. Al volverse y verlo, la muchacha se asustó, y uno de ellos se le resbaló, de manera que, al caer, se hizo añicos.

Un fragmento hirió a Gregorio en el rostro, y la medicina, corrosiva, se extendió a sus pies. Greta, sin aguardar más, cargó con todos los frascos que pudo y se precipitó sobre su madre, cerrando la puerta de un puntapié. Gregorio se encontró, así, separado de su madre, tal vez moribunda por culpa suya, y sin poder abrir la puerta, pues eso hubiera supuesto obligar a su hermana a partir, y ella debía permanecer junto a la madre.

Aguardaría, pues, devorado por el remordimiento y la incertidumbre. Se deslizó sobre los muebles, los muros y el techo. De pronto sintió que todo giraba en torno a él, y se desplomó, desesperado, sobre la mesa grande. Transcurrieron algunos instantes; permanecía acostado en medio del silencio. Tal vez fuera ése un buen presagio. Pero de pronto oyó que llamaban. La muchacha, naturalmente, permanecía atrincherada en la cocina. Greta tuvo que abrir. Era el padre, que regresaba.

—¿Qué ocurre? –preguntó. Sin duda, el rostro alterado de su hija le había revelado todo. La joven respondió con voz sofocada, pues probablemente se apoyaba contra el rostro de su padre–. Mamá se ha desvanecido, pero ya se repone. Gregorio ha hecho de las suyas.

—Ya lo preveía yo –replicó el padre–. Ya os avisé, pero las mujeres no quieren entender.

Gregorio comprendió, con esa respuesta de su padre, que éste había interpretado mal las palabras de la muchacha. Creía, sin duda, que él había realizado algún acto bochornoso. Ya era tarde para aclaraciones, era preferible calmarlo. Gregorio se refugió contra la puerta de su cuarto, comprimiéndose lo máximo posible para que su padre advirtiera de inmediato su intención de reintegrarse a sus cuarteles sin que fuera preciso apremiarlo. Que se le abriera la puerta y desaparecería de inmediato. Pero el padre no estaba para esos matices.

—¡Ah! ¡Ah! –exclamaba desde lejos, alegre y colérico a la vez.

Gregorio alejó la cabeza de la puerta y levantó la mirada hacia el señor Samsa. Entonces se sorprendió, pues la imagen de su padre no era la que se esperaba. Cierto era que durante los últimos tiempos ya no se había preocupado por estar pendiente de los acontecimientos de la casa, ocupado, como estaba, por los paseos impuestos por su nueva condición. Debía, pues, estar preparado para encontrar cambios entre los suyos. Sin embargo… Sin embargo…

¿Era ése realmente su padre? ¿Era ése el hombre que permanecía en cama mientras él viajaba?

¿Era quien lo recibía en bata, sin poder siquiera levantarse del sillón, conformándose con levantar los brazos para expresar su alegría cuando lo veía regresar? ¿El anciano que cuando la familia realizaba un paseo –lo que ocurría sólo dos o tres veces al año y los días de fiesta– se arrastraba entre Gregorio y la madre, obligados a caminar muy lentamente? ¿El hombre que, envuelto en un viejo abrigo, se ayudaba de un bastón, y aun así avanzaba con dificultad, y que para hablar debía detenerse cada tres pasos y recurrir a su acompañante? ¡Cómo se había repuesto súbitamente! Vestía un traje azul, impecable, con botones dorados, semejante al que usaban los empleados de banca. Sobre el gran cuello rígido, el doble mentón desarrollaba su poderosa línea. Bajo las cejas hirsutas, la mirada alerta de sus ojos negros brillaba con un reflejo juvenil. Sus cabellos blancos, antaño desordenados, aparecían separados, aplastados y lustrosos gracias a un buen peinado. Arrojó la gorra sobre el sofá, haciendo que describiera un círculo por los aires, a través de la habitación. Estaba ornamentada con el monograma dorado de una entidad financiera. Luego, con las manos en los bolsillos y los faldones de la levita de su uniforme recogida, se acercó amenazador a Gregorio. Tal vez él mismo ignoraba lo que iba a hacer. Lo cierto fue que levantó el pie, asombrándolo con el gigantesco tamaño de la suela. Gregorio se guardó muy bien de hacerle frente, pues sabía que, iniciada la metamorfosis, el padre consideraba necesario emplear la mayor severidad para con él. Entonces retrocedió, y se detuvo cuando su padre lo hacía, y reanudaba la retirada en cuanto percibía el menor movimiento de su adversario. Esta maniobra les hizo dar varias vueltas por la habitación sin llegar a ningún resultado positivo. Aquello no parecía una persecución, pues el ritmo era extremadamente preciso. Gregorio decidió permanecer en el suelo, temeroso de que, si trepaba por las paredes, su padre interpretara ese gesto como una prueba de refinada maldad. Sin embargo, bien pronto debió admitir la imposibilidad de continuar durante mucho tiempo a ese ritmo. El breve tiempo que su padre tardaba en dar un paso, Gregorio debía consagrarlo a realizar una serie de movimientos gimnásticos, y, como sus pulmones nunca habían sido muy fuertes, comenzaba a sentirse ahogado. Iba, pues, cojeando como podía, tratando de acumular fuerzas en vistas a un supremo impulso y tan embrutecido que no vislumbraba otra salvación, salvo la de una carrera, ya que allí se encontraban las paredes —las del comedor, como es evidente con muebles cuidadosamente tallados, cubiertos de festones y encajes, pero muros al fin…—. De pronto, ¡clan!, algo que voló por los aires cayó cerca de él, y se alejó rodando. Era una manzana lanzada al descuido; otra la siguió de inmediato. Rígido de espanto, Gregorio quedó inmóvil; era inútil proseguir la carrera, porque el padre había decidido bombardearlo. Había vaciado el frutero del aparador, llenando sus bolsillos de proyectiles, y los arrojaba, uno tras otro, sin preocuparse demasiado por la puntería. Esas bolitas rodaban por el suelo y chocaban entre ellas como si estuvieran electrizadas. Una manzana lanzada sin fuerza rozó el caparazón de Gregorio y resbaló sobre él sin causarle daño, pero la siguiente se incrustó, literalmente, en su lomo. Quiso entonces arrastrarse como si ese cambio de lugar hubiera podido calmar en algo el horrible sufrimiento que lo había sorprendido, pero se sintió como clavado en su sitio, y se estiró sin saber ya lo que hacía. Su última mirada le mostró la puerta de su habitación. Al abrirse, dejó ver a la hermana gritando, precedida por la madre, que llegaba apresurada —despojada de la blusa, pues la joven se la había quitado para que pudiera respirar durante el síncope—, y, corriendo, se arrojaba sobre

el padre. Perdiendo una tras otra sus faldas, trope-
zaba con ellas, caía sobre su marido, lo abrazaba, lo
oprimía contra ella y, cruzando sus manos sobre la
nuca del cónyuge –Gregorio ya no veía nada–, le
suplicaba que perdonara la vida a su hijo.

III

La manzana permaneció incrustada en las carnes de Gregorio, pues nadie se atrevía a extraerla. Era un palpable recuerdo de lo ocurrido. Sin embargo, la grave herida que durante un mes molestó a Gregorio pareció que hiciera posible que el padre tuviera presente que, a pesar de su aspecto repugnante, aquél continuaba siendo un miembro de la familia. Por tanto, no había que tratarlo como a un enemigo. Era preciso sobreponerse a la repugnancia natural que inspiraba, y soportarlo, tan sólo soportarlo.

La herida había hecho que perdiera, en parte, su agilidad. Sólo para cruzar su habitación necesitaba un tiempo infinito, como si fuera un inválido. Y ni hablar de los paseos por las paredes, que ya habían concluido para él. Pero, aunque su estado se había agravado, se sentía compensado por el hecho de que los suyos abrieran todas las noches la puerta que daba al comedor. Aguardaba tal acontecimiento durante dos horas. Desde la sombra de su habitación, sin que los comensales lo advirtieran, podía observar a la familia reunida alrededor de la mesa bajo la luz de la lámpara, y tenía el derecho de escuchar la conversación, pues todos lo autorizaban ahora. Era mucho mejor que antes.

Indudablemente no eran ya aquellas animadas conversaciones de otros tiempos, conversaciones que añoraba con cierta melancolía cuando se apresuraba a acostarse en las húmedas camas, en los hoteles de habitaciones estrechas. Ahora no se decía gran cosa en la sobremesa.

El padre pronto se adormecía en su sillón mientras madre e hija se exhortaban mutuamente a guardar silencio. La madre, inclinada bajo la lámpara, cosía fina lencería para una casa de comercio, y la hermana –que trabajaba como dependienta– estudiaba estenografía o francés, en la esperanza de poder mejorar su situación con el tiempo. A veces, el padre despertaba, y, como si no se diese cuenta de que había estado durmiendo, le decía a la madre: «Cuánto coses hoy», y continuaba dormitando mientras las mujeres intercambiaban una sonrisa cansada.

Cierta caprichosa obstinación impulsaba al padre a seguir llevando el traje dentro de su casa. Su bata, inútil ahora, permanecía colgada en el perchero mientras dormía en el sillón, con su traje, como si estuviera siempre listo para ejecutar una orden; aún en su propia casa parecía aguardar la voz del superior. Así era como el traje, usado cuando se lo entregaron, perdía prestancia día a día, a pesar de los cuidados que ambas mujeres le prodigaban. A menudo, Gregorio pasaba la velada observando aquel traje acribillado de manchas, cuyos botones bien lustrados resplandecían siempre, y dentro del cual dormía tranquilamente el anciano, aunque bastante incómodo.

Cuando el reloj dio las diez, la madre trató de persuadir a su esposo para que se acostara, pues dormir sentado, alegaba, no permitía descansar lo suficiente, y él debía hacerlo normalmente antes de levantarse a las seis. Pero, con la terquedad que lo caracterizaba desde que comenzara atrabajar en el banco, él insistió de manera obstinada en permanecer en el comedor. Volvía a dormirse enseguida y luego costaba mucho despertarle y trasladarlo a su lecho. Inútil era que la hermana multiplicara sus advertencias, allí permanecía con los ojos cerrados, cabeceando mientras transcurrían, uno tras otro, los cuartos de hora. La madre le sacudía la manga, le decía palabras cariñosas al oído, y la hermana abandonaba sus deberes para secundarla, pero todo era inútil. Se arrellanaba un poco y, cuando las mujeres le asían por debajo de los brazos para hacer que abriera los ojos, las miraba alternativamente diciendo: «¡Qué vida! ¿Éste es el descanso de mi vejez?», y, apoyándose en ellas, se incorporaba con dificultad. Se diría que se llevaba a sí mismo como a una carga intolerable. Se dejaba conducir hasta la puerta y luego indicaba a su esposa y a su hija que lo dejaran continuar solo. Proseguía su camino, pero las mujeres bien pronto debían abandonar la pluma y la aguja para acudir en su ayuda. ¿Quién tenía tiempo que dedicar a Gregorio –más allá del necesario para satisfacer sus necesidades más inmediatas– si todos estaban agotados por el trabajo y el cansancio? El presupuesto familiar se redujo lo máximo posible. Decidieron despedir a la sirvienta, y la sustituyeron por una mujer alta, huesuda, de largos cabellos blancos que flotaban alrededor de su rostro. Iba por la mañana y por la tarde para realizar el trabajo más pesado. La madre realizaba el resto de quehaceres, además de sus interminables costuras. Más aún, debieron vender algunas alhajas de familia, en otro tiempo orgullo de la madre y de la hermana, que las lucían en fiestas y reuniones. Gregorio lo supo la noche en que se discutieron acerca de los precios. Pero, sobre todo, se quejaban del apartamento, cuyo alquiler era excesivo para el presupuesto familiar y del cual no podían mudarse, pues no sabían cómo trasladar a Gregorio. Sin embargo, bien comprendía él que tales miramientos no constituían el verdadero obstáculo, pues hubieran podido transportarlo dentro de una caja convenientemente aireada. No, la desesperación de los suyos, la convicción de que padecían una desgracia única en los anales de su familia y de su medio, les impedía tomar esa decisión. De todas las desventuras que deben soportar los pobres no se les evitaba ninguna. El padre debía servir el desayuno a los humildes trabajadores de banca; la madre se mataba lavando la ropa de extraños y la hermana iba y venía tras el mostrador, satisfaciendo los pedidos de los clientes. No era posible pedirles más porque sus fuerzas no responderían. Gregorio sentía como si su herida se abriese cuando, después de haber acostado al padre, dejaban su tarea, acercaban sus sillas y, una vez instaladas, casi mejilla contra mejilla, la madre decía: «Greta, cierra la puerta». Entonces, él quedaba aislado, mientras, al otro lado, las mujeres lloraban juntas o, peor aún, permanecían en silencio, mirando fijamente la mesa. Gregorio pasaba días y noches sin dormir. Evocaba a veces la época en que él llevaba los asuntos familiares. Tras un prolongado eclipse, un día desfilaron por su memoria el patrón, el gerente, los repartidores, los dependientes, los aprendices, el ordenanza, tan limitado, y dos o tres amigos empleados en otros comercios, una camarera de hotel de provincia, recuerdo evasivo y amado, y la cajera de una sombrerería pretendida por él formalmente pero sin el necesario apremio. Todos estos personajes desfilaban en medio de una espesa bruma, y fisonomías desconocidas se confundían con rostros olvidados. Ninguno de ellos podía socorrerlo a él o a su familia, nada podía obtener de ellos, y prefirió que se alejaran. Ese desfile le había quitado el deseo de ocuparse de los suyos. Se indignaba con ellos por la escasa atención que le prestaban, y aunque nada lograba excitar su apetito, proyectaba un asalto a la despensa a fin de apoderarse de los alimentos que le correspondían, aunque no los deseara. Ya su hermana no se preocupaba por buscar algo que pudiese agradarle. Aparecía dos veces al día, como una ráfaga, y empujaba con el pie cualquier alimento. Por la noche, sin observar siquiera si lo había probado o si permanecía intacto, lo que era más frecuente, barría lo restante. En cuanto a la limpieza de su cuarto, que ahora hacía por la noche, no podía ser realizada con mayor premura. En las paredes se advertían zonas mugrientas, y en todos los rincones aparecían montones de polvo y basura. En los primeros tiempos Gregorio se instalaba en los lugares más sucios cuando su hermana llegaba, para aparecérsele como un reproche. Pero hubiera podido permanecer allí semanas enteras sin que Greta cambiara de conducta. Veía la basura tan bien como él, pero había decidido, de una vez por todas, dejarla donde estaba.

Eso no significaba que no defendiera celosamente el monopolio de la atención de su hermano. Pero la susceptibilidad de ese retoño se había contagiado a toda la familia. En efecto, un día la madre había limpiado a fondo el cuarto de Gregorio, que bien lo necesitaba. Esto le desagradó, pues debió permanecer inmóvil sobre el sofá, mortificado por el diluvio. Pero el castigo no tardó en llegar. En cuanto la hermana lo advirtió, al regresar de sus tareas, al sentirse profundamente ofendida, corrió al comedor y, allí, a pesar de las súplicas maternas, estalló en una crisis de llanto mientras la señora clamaba al cielo. Al principio, los padres se sorprendieron ante su actitud, pero luego ellos también se agitaron. El padre saltó de su asiento y reprendió a la madre, que se encontraba a su derecha, por no haber dejado a la hija lo pertinente a la lim pieza, y, volviéndose hacia la izquierda, le prohibió a la joven que se ocupara en adelante de limpiar el cuarto de Gregorio. La madre trató entonces de llevar a su dormitorio al padre, enloquecido de furor. La hija, sacudida por los sollozos, daba puñetazos sobre la mesa, y su hermano silbaba con todas las fuerzas otorgadas por la rabia al ver que nadie pensaba en cerrar la puerta para evitarle semejante espectáculo y tan gran estrépito.

Cierto era que, si bien su hermana, extenuada por el trabajo en la tienda, ya no podía ocuparse de él con tanto cuidado como antes, tampoco era necesario recurrir a la madre para evitar que fuera desatendido. Ahí estaba la mujer que ayudaba a los quehaceres, una persona mayor y viuda, cuya recia constitución ósea le había permitido resistir todas las penurias de su larga carrera y que, sin duda, no sentía repugnancia en presencia de Gregorio. Aunque no era curiosa, cierta vez había abierto la puerta de su cuarto y había permanecido inmóvil, con las manos apoyadas en el vientre, observando, asombrada, las carreras de Gregorio que, aunque nadie pensaba darle caza, iba y venía por el dormitorio. Desde aquel día, mañana y tarde, la vieja echaba un vistazo al pasar. Al principio llamaba a Gregorio amistosamente gritándole: «¡Miren qué pedazo de bicho! ¡Ven acá, cucaracha!». Y Gregorio respondía con el silencio a tales invitaciones. Permanecía en su lugar como si nadie hubiera entrado. Consideraba que, en vez de permitir que esa asalariada satisficiera sus caprichos, podían haberle ordenado que limpiara su habitación cada día. Una mañana en que la lluvia –tal vez anticipo de la primavera– golpeaba los cristales, Gregorio se enfadó con la anciana que, de nuevo, lo cumplimentaba a su modo, y se volvió hacia ella lentamente pero en actitud amenazadora. Sin embargo, no logró asustarla; la mujer tomó la silla, que se encontraba cerca de la puerta, y la blandió en el aire abriendo la boca con el gesto de quien va a cerrarla al tiempo de descargar el golpe. «Y bien, ¿eso es todo?», inquirió al ver que Gregorio recuperaba su posición inicial. Y volvió a colocar, tranquilamente, la silla en su lugar. Gregorio ya casi no comía. Cuando por casualidad pasaba ante su alimento, se entretenía en tomar un bocado, y lo conservaba en la boca durante horas, casi siempre para escupirlo luego. Al principio había atribuido su inapetencia a la tristeza en que lo sumía el estado de su habitación, pero esa apreciación era, sin duda, errónea, pues pronto se había reconciliado con el aspecto de su cuarto. Los suyos habían cogido la costumbre de llevar allí todo cuanto no tenía ubicación en otro lugar, y era mucho, desde que alquilaron una habitación de su apartamento a tres señores. Se trataba de hombres serios; incluso con barba, como pudo constatarlo Gregorio cierto día a través de una rendija de la puerta. Eran partidarios del orden más minucioso, no sólo en su habitación, sino también en toda la casa –puesto que en ella tenían su domicilio– y, en particular, en la cocina. Habían llevado consigo casi todo lo necesario, y tal precaución tornaba innecesarios un sinnúmero de objetos invendibles y que tampoco se podían tirar. Todos ellos iban a parar a la habitación de Gregorio, y no tardaron en ser seguidos por el cenicero y el cubo de la basura. La sirvienta, siempre apurada, arrojaba allí dentro todo cuanto por el momento no se empleaba. Apenas si veía el pobre Gregorio la mano que blandía el utensilio indeseable. Y más valía que así fuera. Tal vez la vieja pensara volver a buscar los objetos que había dejado cuando tuviera tiempo. O quizás se proponía tirarlos un día, por fin, de una vez. Lo cierto es que permanecían allí, en el mismo lugar donde habían aterrizado el primer día, salvo cuando Gregorio se paseaba por el bazar, haciéndose lugar entre los objetos, juego que acabó por encontrar divertido. Sin embargo, tales peregrinaciones eran seguidas por momentos de tristeza y dolor que lo dejaban paralizado durante horas. Como los inquilinos cenaban a veces en el comedor, la puerta de la habitación permanecía cerrada algunas noches. Gregorio no otorgaba mayor importancia a este hecho. En los últimos tiempos siempre aprovechaba las veladas cuando la puerta se abría. A veces se quedaba en el rincón más oculto y su familia ni se daba cuenta. Pero un día, la mujer que limpiaba olvidó cerrar bien la puerta, y ésta quedó entreabierta hasta el momento en que los huéspedes regresaron y encendieron la luz del comedor. Se sentaron a la mesa en los lugares que ocupaban antaño los padres de Gregorio, desdoblaron las servilletas y tomaron los cubiertos. Pronto apareció la madre en el umbral, con un plato de carne; la hermana llevaba una fuente de patatas. Los alimentos desprendían un espeso vapor. Cuando estuvieron dispuestos, sobre la mesa, frente a los comensales, estos los sometieron a un examen preliminar, y el que se sentaba en el centro –que parecía el más autorizado– cortó un trozo de carne sobre la misma fuente como para ver si realmente estaba tierna o si había que devolverla a la cocina. Se mostró satisfecho, y las dos mujeres, que habían observado nerviosas, sonrieron aliviadas.

La familia cenaba en la cocina. Sin embargo, el padre pasó primero por el comedor. Hizo una inclinación con la gorra en la mano para saludar a todos los comensales y dio una vuelta en torno a la mesa. Los inquilinos se levantaron al unísono murmurando algo para sí mismos. Una vez solos, comieron sin dirigirse la palabra. Extrañaba a Gregorio que, a través de los demás ruidos de la comida, se percibía siempre el chasquido de las mandíbulas, como si pretendieran demostrarle que es preciso tener dientes de verdad para poder comer, y que las mejores mandíbulas no bastan para hacerlo. «¡Qué hambre tengo! –pensaba Gregorio–. Pero no de estas cosas. ¡Y estos señores se alimentan muy bien mientras yo me muero de hambre!». No recordaba que su hermana hubiera tocado el violín desde que llegaron los huéspedes. Pero esa noche en la cocina resonaba sus sonido. Los tres hombres acababan de comer. El del centro había sacado el diario y distribuía las hojas entre los otros. Los tres leían y fumaban, recostados sobre el respaldo de sus sillas. El sonido del violín les llamó la atención, y se dirigieron de puntillas hacia la puerta del vestíbulo. Allí se detuvieron, permaneciendo muy juntos. A pesar de sus precauciones, desde la cocina los habían oído. El padre preguntó si les molestaba la música, para, en caso de que fuera así, interrumpirla. Pero el hombre del centro respondió:

—Al contrario, si la señorita quisiera venir a nuestro comedor… Aquí estaría mejor, más cómoda.

—¡Cómo no! –replicó el padre, como si él fuera él quien tocara.

Los huéspedes regresaron al comedor y aguardaron allí. Enseguida llegó el padre con el atril, luego la madre con las partituras y, por último, la hermana con el violín. La joven preparó sus partituras. Los padres, que, por primera vez alquilaban una habitación, temieron parecer groseros si usaban sus propios asientos. El padre se apoyó en el marco de la puerta, introduciendo su mano entre los botones del traje. Uno de los hombres ofreció una silla a la señora, que no se atrevió a cambiarla de lugar y permaneció aparte, en un rincón, durante toda la velada. La hermana tocaba mientras sus padres observaban los movimientos de sus manos. Atraído por la música, Gregorio tuvo la idea de avanzar un poco y asomar la cabeza al comedor. Ante su propio asombro, había perdido ese temor de molestar que antes le enorgulleciera. Pese a ello, nunca había tenido tantas razones para ocultarse, pues con toda la basura que poblaba su habitación y que volaba al menor movimiento, estaba siempre cubierto de polvo, de hilachos, de cabellos y de restos de comida, adheridos a su lomo o a sus patas y que arrastraba por donde iba. Su apatía era tal que ya no se preocupaba por limpiarse varias veces al día, frotándose contra la alfombra, como lo hacía antes, y su mugre no le impedía avanzar sin vergüenza sobre el pavimento inmaculado.

Es preciso decir que nadie había advertido su presencia. La familia estaba demasiado absorta por la interpretación, y los huéspedes, que al principio se habían instalado junto al atril, con las manos en los bolsillos, molestando, sin duda, a la hermana, que veía sus rostros bailoteando entre las notas, se ubicaron luego contra la ventana, y allí permanecían cabizbajos, cuchicheando, mientras el padre, evidentemente preocupado, los observaba con atención. Era evidente que les había defraudado su ilusión de escuchar buena música o, como mínimo, una pequeña melodía entretenida. Aquello los cansaba, y si lo aceptaban era sólo por cortesía. Por el modo de expulsar el humo por la boca o por la nariz, dirigiéndolo hacia el falso techo, se advertía su irritación. Y, sin embargo, la hermana tocaba bien. Con el rostro ladeado, leía su partitura con una mirada triste y profunda. Gregorio avanzó aún más y pegó su cabeza contra el suelo para encontrar la mirada de la hermana. No era un simple bicho. Esa música hacía que se emocionara. Sentía como si se abriese un camino que condujera al alimento que tanto anhelaba. Estaba decidido a llegar hasta su hermana, tirarle del vestido y hacer que comprendiera que debía ir a su habitación, pues allí nadie sabía compensar su arte con la admiración que sólo él le tributaría. Ya no la dejaría salir de su habitación, por lo menos mientras él viviese. Por primera vez su horrible cuerpo iba a servir para algo. Estaría a un tiempo en todas las puertas rechazando con su aliento a cuanto agresor se acercara. Entendámonos bien; no pretendía obligar a su hermana a permanecer con él; era preciso que lo hiciese de manera voluntaria; que se sentase cerca de él, sobre la alfombra y lo escuchara; entonces le confiaría que había tenido la firme intención de enviarla al conservatorio y que así lo hubiera declarado ante todo el mundo, sin preocuparse por las objeciones que pudieran hacerle. Pensaba hacerlo para Navidad a más tardar –¿había pasado ya?– si la catástrofe no hubiera sobrevenido.

La hermana, emocionada por tal relato, seguramente hubiese empezado a llorar, y Gregorio, trepando hasta su cuello, la habría besado en el hombro. Hubiera sido fácil, porque desde que trabajaba en la tienda no llevaba cuellos ni moños, sino que usaba vestidos escotados.

—¡Señor Samsa! –exclamó el hombre del centro señalando con el índice a Gregorio que avanzaba lentamente.

El violín enmudeció bruscamente. El señor se volvió hacia sus amigos y, sacudiendo la cabeza, sonrió. Luego volvió su mirada hacia el hijo. El padre creyó más urgente tranquilizar a sus huéspedes que echar a Gregorio. Pero ellos no parecían impresionados, y estaban más divertidos con su aparición que con el violín. El padre se precipitó sobre ellos y, con los brazos extendidos en cruz, trató de empujarlo hacia su habitación, intentando ocultar el cuerpo de Gregorio con el suyo. Entonces ellos comenzaron a enojarse. No se sabía en realidad si su desagrado obedecía a la actitud del padre o al huésped que les habían impuesto sin advertirlos, y que habían descubierto de pronto. Pidieron explicaciones y elevaron también los brazos al cielo, estiraron nerviosamente sus barbas y retrocedieron hacia la puerta. Mientras tanto, la hermana se había repuesto de la impresión que le causó la súbita interrupción. Quedó un momento completamente desorientada –tan apenas sostenía el violín y el arco–, siguiendo con la vista la partitura como si todavía tocara, pero luego reaccionó. Abandonó el instrumento sobre el regazo de su madre –la señora continuaba sentada, semiahogada por su dificultad al respirar– y se precipitó al cuarto contiguo, al cual se acercaron con rapidez los huéspedes, impulsados por el padre. Las almohadas y las colchas volaban entre las manos prácticas de Greta y ocupaban sus lugares sobre las camas. Todavía los tres hombres no habían llegado a su habitación cuando, después de arreglar las camas, Greta desapareció. En cuanto al padre, estaba de tal modo poseído por el frenesí, que había olvidado el respeto debido a sus inquilinos. Hasta que, ya ante la puerta de la habitación, el señor del medio golpeó en el suelo con el pie y, con voz de trueno, dijo, mientras sus miradas buscaban a las mujeres:

—Les anuncio que, ante la repugnante situación imperante en esta casa, situación que deshonra estas paredes –y bruscamente escupió en el suelo–, me iré enseguida de ella. Por supuesto, ustedes no recibirán ni un centavo por el tiempo que he vivido aquí. Más aún, pienso que debería exigir una indemnización, que sería muy fácil de justificar, créanme. –Guardó silencio mirando al vacío como si aguardara algo. Sus dos amigos tomaron entonces la palabra.

—Nosotros también les comunicamos nuestra inmediata partida.

Entonces el hombre del centro tomó el picaporte y salió dando un portazo. El padre se dirigió hacia su sillón, tanteando con las manos, y se desplomó en él como una masa informe. Parecía que iba a hacer su siesta vespertina, pero la oscilación de su cabeza, que parecía obedecer a una cuerda rota, hacía patente que no pensaba en dormir. Durante todo este tiempo, Gregorio había permanecido inmóvil en el lugar donde lo sorprendieron. Se sentía del todo paralizado por la decepción que le causó el fracaso de su plan, y también, posiblemente, debido a la debilidad provocada por sus prolongados ayunos. Temía que la casa entera se desplomara sobre sus espaldas, y ubicaba semejante catástrofe cada minuto que transcurría. Así fue como ni siquiera el desgarrador ruido causado por la caída del violín logró asustarlo. La madre, que hasta entonces lo conservaba sobre las rodillas, dejó caer el instrumento de sus manos temblorosas.

—Mis queridos papá y mamá –dijo la hermana golpeando con la mano sobre la mesa a guisa de introducción–, esta situación no puede continuar así. Si vosotros no sois conscientes de ello, yo sí. No quiero pronunciar el nombre de mi hermano para nombrar a este monstruo. Tenemos que deshacernos de eso. Hemos hecho todo lo humanamente posible para cuidarlo y soportarlo. Creo que nadie puede reprocharnos nada.

—Tiene toda la razón –replicó el padre. Pero la madre, que aún no había recuperado el aliento, sofocó su tos con la mano y miró con los ojos extraviados.

La hermana se inclinó sobre ella para sostenerle la frente. Las palabras de la muchacha parecían haber contribuido a precisar los planes del padre. Éste se levantó de su sillón, jugando con la gorra de su uniforme entre los platos, pues la mesa aún no se había recogido después de que comieran los huéspedes. De vez en cuando fijaba su mirada en el inmóvil Gregorio.

—Hay que tratar de deshacerse de él –repetía entonces la hermana dirigiéndose sólo al padre, pues la madre, sacudida por un acceso de tos, no escuchaba–. Acabará por llevarnos a la tumba, y sin tardar demasiado. Cuando se trabaja como nosotros lo hacemos, todo el día, no es posible soportar, además, este suplicio al regresar a la casa. Yo ya estoy harta.

Y, tras estas palabras, empezó a llorar tanto que sus lágrimas resbalaron por el rostro de su madre. La señora las enjugó mecánicamente con la mano.

—Pero, dime, hija mía –quiso saber el padre con una voz repleta de comprensión–, ¿qué podemos hacer? –La hermana se contentó con levantar los hombros para señalar la perplejidad que durante el llanto había sustituido a su aplomo anterior–. Si él nos comprendiera… –prosiguió el padre casi como si se tratara de una pregunta. Pero la hermana, sin dejar de llorar, hizo un gesto negativo con la mano para indicar que había que renunciar definitivamente a esa hipótesis. El padre repitió–: Si nos comprendiera –y entrecerró los ojos como dando a entender que compartía la convicción de su hija en cuanto a lo absurdo de tal suposición–, tal vez pudiésemos entendernos con él, pero en estas condiciones…

—¡Que se vaya al diablo! –exclamó la hermana–, es la única solución, papá. Trata de rechazar la idea de que es Gregorio. Demasiado tiempo lo hemos creído y en ello reside nuestra desgracia. ¿Cómo puede ser Gregorio? Si realmente fuera él, hace mucho tiempo que habría comprendido la imposibilidad de que los seres humanos puedan convivir con semejante bicho y habría partido por su propia cuenta. Cierto es que ya no tendría hermano, pero la vida para nosotros sería más llevadera y honraríamos su memoria. Mientras que así estamos siempre frente a este animal que nos persigue y asusta a nuestros inquilinos. ¿Pretenderá quedarse con todo el apartamento y que nosotros durmamos en la calle? Míralo, papá, míralo –exclamó de pronto–, ya empieza otra vez. –Y en un acceso de terror, que Gregorio comprendió, abandonó a la madre, tan bruscamente que el sillón gruñó, como si prefiriera sacrificarla antes que permanecer cerca de Gregorio. Corrió a refugiarse detrás de su padre. Éste, excitado por su conducta, se incorporó, extendiendo los brazos como para protegerla.

Pero Gregorio no pensaba asustar a nadie, y menos aún a su hermana. Simplemente había iniciado un giro para aproximarse a su hermana para llevarla a su habitación. Esta maniobra fue contraproducente, ya que su debilidad le obligaba a ayudarse con la cabeza, levantándola y volviendo a apoyarla, para poder realizar el movimiento. Finalmente, se detuvo para observar a su familia. Todos le miraban silenciosos y tristes. La madre yacía en su sillón con las piernas rígidas y unidas y los ojos apenas entreabiertos por la fatiga. El padre y la hermana se encontraban sentados uno al lado del otro; la joven rodeaba con su brazo el cuello del padre. Gregorio pensó: «Bueno, ahora me dejarán dar vuelta», y comenzó a moverse otra vez. Jadeando a causa de la fatiga, a cada instante debía detenerse para recuperar el aliento. Además, nadie le daba prisa, tenía carta blanca. Cuando hubo concluido el giro, comenzó un movimiento de retroceso en línea recta. Le asombró la distancia que aún lo separaba de su cuarto. No comprendía cómo, con la debilidad que sentía, había recorrido tan largo trayecto, sin ser consciente de ello, unos instantes antes. Su familia no lo molestó con gritos ni exclamaciones. Pero él ni lo advirtió, pues estaba concentrado en buscar la manera de apresurarse. Cuando llegó a la puerta de su habitación, pensó en volver la cabeza, aunque no del todo, pues su cuello estaba casi rígido, sólo lo suficiente como para constatar que nada había cambiado. Únicamente su hermana se había levantado. Su última mirada rozó a la madre que, como era evidente, se había dormido.

Nada más entrar en su habitación, la puerta se cerró, echaron el pestillo y dieron dos vueltas a la llave. El ruido fue tan brusco que se asustó hasta el punto de hacer que replegara sus patas. Era su hermana quien se apresuraba de este modo. Se había incorporado para estar lista en el momento oportuno, y entonces se había precipitado, tan veloz que su hermano ni la había oído. Mientras hacía girar la llave en la cerradura, les dijo a sus padres:

—¡Por fin!

—¿Y ahora qué? —se preguntó Gregorio mirando la oscuridad que le rodeaba. Pronto descubrió que no podía moverse. Pero no se extrañó de ello. Le sorprendía más haberlo podido hacer hasta entonces sobre tan frágiles patas. Además, experimentaba un relativo bienestar. Sentía algunos dolores, pero consideraba que cada vez se debilitaban más y que acabarían por desaparecer completamente.

Casi no sentía ya aquella manzana podrida incrustada en el lomo, ni la inflamación circundante, cubierta de un polvo fino. Volvió a pensar en su familia con una emocionada ternura. Sabía muy bien que debía marcharse, sobre este punto estaba aún más convencido que su hermana. Permaneció meditando apaciblemente hasta que el reloj de la torre dio las tres de la madrugada. Entonces vio a través de la ventana cómo el paisaje comenzaba a aclarar. Después, su cabeza se hundió en el pecho y, sin advertirlo, débilmente, exhaló el último suspiro.

Cuando la sirvienta llegó al día siguiente, muy temprano −aunque muchas veces le habían advertido, ella continuaba dando portazos, que hacían imposible el sueño después de su llegada, tanto era su apuro y su fortaleza física−, no advirtió nada extraordinario al visitar a Gregorio. Pensó que permanecía inmóvil para hacerse el ofendido, pues lo creía capaz de cualquier cosa. Como tenía la escoba en la mano, le hizo cosquillas desde la puerta. Su broma no produjo el resultado esperado. Esto la molestó y entonces lo empujó. El cuerpo retrocedió sin ofrecer resistencia, lo que despertó la curiosidad de la vieja. No tardó en comprender la situación. Dejó escapar un silbido y abandonó la habitación. Se dirigió al dormitorio de sus patrones y, al abrir la puerta bruscamente, exclamó en la oscuridad:

—Vengan a ver, ha muerto. Ahí está, en el suelo. Ha muerto como una rata.

El matrimonio Samsa se incorporó de su lecho conyugal. Los padres trataron de reponerse del susto que les causó la noticia que les había transmitido la vieja, cuyo sentido aún no alcanzaban a comprender. Pero pronto reaccionaron. Entonces, el marido abandonó la cama por un lado, y su esposa por el otro, con la mayor rapidez posible. Él se echó la colcha sobre los hombros y la señora salió en camisón, y con esa indumentaria entraron en el cuarto de Gregorio.

Mientras, también se había abierto la puerta del comedor, donde dormía Greta desde que llegaron los huéspedes. La joven estaba completamente vestida, como si no hubiera dormido. La palidez de su rostro parecía corroborar esa apreciación.

—¿Muerto? –inquirió la señora Samsa a la empleada, si bien podía observarlo ella misma, aunque no era necesario un examen para constatarlo.

—Claro –respondió la mujer y, con la escoba, empujó el cadáver de lado como para confirmar su afirmación. La señora Samsa hizo un movimiento como para detener la escoba, pero no concluyó su ademán.

—Pues bien –dijo el padre–, debemos dar gracias a Dios.

Hizo la señal de la cruz y las tres mujeres lo imitaron. Greta, que no cesaba de mirar el cadáver, afirmó:

—Mirad qué delgado estaba. Hacía tanto tiempo que no comía nada… Su ración salía de la habitación tal como había entrado.

En efecto, el cuerpo de Gregorio estaba escuchimizado. Ahora que nada distraía la atención, se advertía que esas patas no podían soportar ya el cuerpo.

—Vamos, Greta, ven un momento con nosotros –repuso la señora Samsa con una sonrisa melancólica.

Greta siguió a sus padres a la habitación conyugal, no sin volverse varias veces para mirar el cadáver. La sirvienta cerró la puerta y abrió las dos hojas de la ventana. A pesar de la temprana hora, se mezclaba cierta tibieza con el aire fresco de la mañana. Marzo llegaba a su fin.

Los tres huéspedes buscaban, extrañados, su desayuno. Los habían olvidado.

—¿Dónde está el desayuno? –preguntó el hombre que, el día anterior, estaba en el centro, evidentemente de mal humor. Pero la vieja puso el dedo ante la boca y le indicó que la siguiera con un gesto mudo y apresurado.

Se acercaron al cadáver de Gregorio y permanecieron alrededor de él, con las manos en los bolsillos de sus chaquetas un poco gastadas, en el centro de la habitación donde el sol brillaba ya. Entonces se abrió la puerta del cuarto del matrimonio y apareció el señor Samsa del brazo de su esposa y de su hija. Parecía que hubieran llorado. De vez en cuando, Greta apoyaba su rostro sobre el hombro de su padre.

—Váyanse inmediatamente de esta casa –dijo el señor Samsa, señalando la puerta sin soltar a las mujeres.

—¿Qué significa esto? –inquirió el señor del medio, un tanto desconcertado y con una sonrisa amable. Los otros dos habían cruzado las manos a la espalda y las frotaban constantemente, como si aguardaran entusiasmados una pelea que podría representar para ellos un triunfo.

—Significa exactamente lo que acabo de decir –respondió el señor Samsa, avanzando hacia el inquilino junto con las dos mujeres. Éste no se inmutó al principio. Fijó mirada en el suelo, como si tratara de ordenar sus pensamientos.

—Pues entonces nos vamos –repuso por fin, levantando la vista para mirar al señor Samsa, como buscando, en un repentino movimiento de humildad, la aprobación de quien le imponía semejante decisión.

El señor Samsa se limitó a hacer repetidos gestos afirmativos con la cabeza, al tiempo que lo miraba con los ojos muy abiertos. Enseguida, el hombre del medio se encaminó a la antesala, dando grandes pasos. Sus amigos, que desde hacía un momento permanecían con las manos más tranquilas, lo siguieron dando brincos, como si temieran que el señor Samsa llegase primero y se interpusiere entre ellos y su jefe. Cuando llegaron al vestíbulo, tomaron sus sombreros del perchero, sacaron sus bastones del paragüero y se inclinaron en silencio, abandonando el apartamento. Asaltado por una injustificada desconfianza, como comprobó de inmediato, el señor Samsa salió hasta el descansillo y se inclinó sobre la barandilla, siempre con sus dos mujeres, para ver partir a los hombres que, lentamente pero sin detenerse, desaparecían en una vuelta de la escalera para reaparecer al cabo de unos segundos. A medida que se adentraban en la espiral, el interés de la familia Samsa decrecía y, cuando vieron que los alcanzaba, para adelantárseles enseguida, el repartidor de una carnicería, que descendía llevando con orgullo un canasto sobre la cabeza, el señor Samsa abandonó el descansillo con sus mujeres y los tres volvieron al apartamento, ya mucho más tranquilos. De inmediato decidieron destinar ese día al reposo y al paseo; bien merecían esa tregua y, sobre todo, la necesitaban. Se dirigieron, pues, a la mesa para escribir tres cartas, excusándose el señor Samsa a su gerente, la señora Samsa a su patrón y Greta al jefe de sección. La sirvienta los interrumpió para decirles que su tarea había concluido y que se marchaba. Los tres continuaron con su correspondencia después de asentir con la cabeza, pero como la vieja no se decidía a partir, concluyeron por dejar sus plumas para mirarla con mal humor.

—¿Y bien? –preguntó el padre.

La mujer permanecía en la puerta, sonriente, como si tuviera una buena noticia y no quisiese hablar sin hacerse rogar antes. La plumita de avestruz que adornaba su sombrero casi verticalmente y que siempre había disgustado al señor Samsa, oscilaba con suavidad en todas direcciones.

—¿Y bien? –volvió a preguntar el padre–. ¿Qué ocurre? –La criada se mostraba siempre respetuosa con su amo.

—¡Ah! –respondió, y una risa amistosa le impidió proseguir–. No tienen que preocuparse por el transporte de aquel bulto. Ya está todo arreglado.

El señor Samsa y su hija se inclinaron como para continuar escribiendo, pero el padre advirtió que la mujer se disponía a comenzar una detallada explicación, y entonces extendió enérgicamente el brazo para detenerla. Al ver que no podía narrar lo que quería, recordó de pronto su apuro. Ofendida, dijo:

—Adiós a todos. –Dio media vuelta y se fue dando portazos.

—Esta noche la despedimos –repuso el padre. Su afirmación no halló eco en su mujer ni en su hija. La vieja no había logrado turbar esa paz que acababan de reconquistar. Se levantaron, se dirigieron a la ventana y allí permanecieron abrazadas. El señor Samsa hizo girar su sillón para observarlas y las llamó diciendo–: Vamos, venid. No continuéis rumiando viejas historias. Pensad un poco en mí.

Las mujeres obedecieron precipitándose sobre él, cubriéndolo de caricias. Enseguida se apresuraron a concluir su correspondencia.

Luego salieron los tres juntos, algo que no ocurría desde hacía meses, y tomaron el tranvía para las afueras. En el vehículo no había ningún pasajero. El sol entraba en él y allí reinaba una agradable temperatura. Sentados con comodidad, comentaron las posibilidades del porvenir. Mirándolo bien, no eran tan malas, pues –sobre este punto no se habían informado bien aún– sus colocaciones eran convenientes y, sobre todo, de mucho futuro.

Pero lo que más contribuiría a mejorar su actual situación sería mudarse. Alquilarían un apartamento más barato y más pequeño, y, sobre todo, mejor ubicado y más práctico que el actual, elegido por Gregorio. Al observar a su hija, más y más animada a medida que hablaba, el señor y la señora Samsa advirtieron casi a un tiempo que, a pesar de todas las cremas que la empalidecían, Greta se había desarrollado en los últimos meses. Era una linda muchacha con un cuerpo bien formado. Sin hablar intercambiaron, casi inconscientemente, una mirada de entendimiento, y ambos pensaron que ya era momento de encontrarle marido. Y creyeron ver una confirmación de sus nuevos sueños cuando, al concluir el trayecto, la muchacha se levantó la primera para estirar sus piernas juveniles.

Índice